転生少女はまず一歩からはじめたい 2

～魔物がいるとか聞いてない！～

著者　カヤ　Kaya

Characters
キャラクター紹介
アレン
サラ

クリス
ギルド長
ネリー
ヴィンス
テッド

「行くか」
「行こう」
二人は町の結界を
あっさりと越えると、
ワタヒツジの群れの
中にするりと分け入
った。
「面白いように避け
ていくな」
「なんだか固い奴が
押してきたなくら
いに思ってるのかな」
サラのバリアで押された
ワタヒツジは迷惑そうな顔
をしながらも自然と隙間を
作っていく。
羊の群れと一緒に歩きなが
ら、川の流れを泳いで横切る
ように、少しずつハンターた
ちのほうに移動した。

Contents

プロローグ　テントを買おう

サラは今日もローザの町でハンターギルドの店番をしている。

「苦労してやっとギルドの身分証を手に入れたのに、やってることはいつもと同じなんだよね」

そして相変わらず、売店には客はぽつぽつとしかやってこない。もっとも、今日はいつもと同じだが、昨日と一昨日は大変な一日だったのだ。

そもそも、なぜだかわからないが、サラとアレンは薬師ギルドのテッドに嫌われて意地悪をされていた。アレンはいきなり町にやってきた見知らぬ子どものサラに親切にしてくれた優しい少年だ。テッドがサラに対して意地悪するのは、よそ者だからと思えば理解できないこともない。しかし、町で頑張って雑用をしていただけのアレンにまで意地悪をする理由はよくわからなかった。

まして、結界のない危険な町の外にアレンをだましてお使いに行かせるとは思いもしなかった。

サラは慌ててアレンを追いかけて、ツノウサギが攻撃してくる危険な街道を北上し、なんとか二人で騎士隊にポーションを届けることができた。

「私にバリアを張る力がなかったら、今ごろアレンはどうなっていたかと思うと、ぞっとする」

ツノウサギに囲まれていたアレンを思い出してサラは両腕をこする。

結局は無事にお使いをこなし、結果としてお金が貯《た》まってアレンもサラもギルドの身分証をやっと手に入れることができたのだ。

サラは左右をそっとうかがうと、収納ポーチからギルドの身分証を出して手のひらにのせた。昨日から何度見直したことか。魔の山からネリーを捜しにローザの町に下りてきて半月ほど、やっと手に入れた身分証である。名前の刻まれたシンプルな金属のカードというだけで、ステータスもランクも浮かび上がったりはしないけれど、これはローザでネリーを待っていていいという証《あかし》なのだ。

「弁当三つ。温め付きで」

右上にあるワイバーンのマークもかっこいいと思う。思わず口元が緩むサラだが、カードに夢中になっていて客の声に気づくのが遅れた。客はもう一度繰り返した。

「弁当三つ。温め付きで」

「はいい！」

サラは焦って身分証を落としそうになったが、あたふたした挙句なんとか落とさずに済んだ。大事な身分証だもの、気をつけなくちゃ。急いでポーチにしまいながら、客のほうに顔を向けた。

「三つ別々の種類でいいですか、って、アレンじゃない。焦って損したよ」

客のような顔をしてニヤニヤしながら立っていたのはアレンだった。昨日、サラと同時に身分証を作ったと思ったらさっそくダンジョンに入ってしまったのには驚いたが、今日も朝からダンジョンに入っていたからよほど待ちわびていたのだろう。ダンジョンに夢中だから、今日もきっと帰りは遅いだろうと思っていたので、アレンが早めに顔を出したのはちょっと意外だった。

一方でサラは、身分証が手に入っても、ローザに来てから今までやっていたように、薬草を採り、厨房《ちゅうぼう》でお手伝いし、そしてギルドの店番を堅実に続けるつもりだ。薬草が売れれば、これで案外、暮らしていけるだけのお金になる。

もっとも、薬草はテッドの態度が変わるまでは薬師ギルドには売りに行くつもりはない。ハンターギルドでも売れることは売れるが、手数料を引かれるからやっぱりもったいないと思うのだ。それに、収納ポーチに入れていた素材を売ったのでしばらくは生活には困らない。

売った素材は七〇万ギルにもなったのだ。宿に泊まったとしても数ヶ月はもつし、なんならスライムの魔石はまだたくさん持っている。

サラはニヤニヤしているアレンにいちおう聞いてみた。

「ほんとに買う？　一つ三〇〇〇ギルだけど」

「ごめん、からかっただけなんだ」

「だよね」

すまなそうに肩をすくめるアレンに苦笑いを返すサラだったが、本格的に稼ぎ始めてまだ二日目だから、贅沢《ぜいたく》をしている余裕などないというのが二人共通の意見だった。身分証があれば町の宿にも泊まれるのだが、節約のため宿には泊まらず町の外でテント暮らしをすると言った二人に、副ギルド長のヴィンスはあきれた顔を向けたものだ。

「いや、お前ら今日売ったものだけで、数ヶ月は余裕で町で暮らせるだろ」

確かに宿に泊まってベッドに寝る、そして何よりお風呂に入るというのには憧れる。けれど、町に来てから身分証を手に入れるまでの苦労はサラとアレンを少なからず荒《すさ》んだ気持ちにさせていたので、節約できるところはきちんと節約すべきだという気持ちであった。

「あ、でも今日はさ、ちょっと贅沢しようと思って早く戻ってきたんだよ」

アレンは嬉《うれ》しそうにニコッと笑った。

「贅沢？」

アレンの言う贅沢とは何だろうかとサラは首を傾《かし》げた。

「ご飯食べに行こうぜ」

「ご飯」

ご飯なら収納ポーチにまだいっぱい入っているが、そういう話ではないのだろう。もしかしてとサラの目が輝いた。

「食堂？」

「正解！　せっかく身分証もらったのに、お祝いしてなかっただろ、俺たち」

「ほんとだ」

身分証をもらえたことそのものが嬉しくて、お祝いなんてすっかりどこかに行ってしまっていた。

サラはギルドの食堂のほうに目をやった。

「違う違う、町の食堂さ。叔父さんとたまに行ってた食堂があるんだよ。そこなら俺たちが行っても大丈夫だと思う」

「行きたい！」

異世界初外食である。今日ほど店番が終わるのが待ち遠しかった日はなかった。

サラと交代する遅番のモッズはおじいさんといってもいい年だが、ギルドに頼まれて夕方だけ手伝いに来ている人だ。首を長くして待っていたサラといつものようにニコニコと交代してくれた。

二人でギルドから走り出る。アレンに案内された食堂は中央門からちょっと町の内側に入ったところにあった。今まであまり来たことのない場所だ。

「違うよね。ローザの町はどこもほとんど見てないんだった」

サラはまるでローザの他の場所ならよく行っているかのようなことを考えたので、思わず自分に突っ込みを入れてしまった。

しかし、サラの目を引いたのは、にぎやかな町の通りでも店でもなく、町を区切るようにそびえる高い壁だ。町の外の壁ほどではないが、近くに行けば見上げるほどに高い。それでもせいぜい建物三階分くらいだろうか。

「アレン、あれってたしか第二層の壁？」

「ああ、そうだ。あの内側が町の第二層。今いるところが町の第三層。俺は見慣れてるからなんとも思わないけど、サラはこれで二回目か？」

「うん、一度目は薬師ギルドに行ったときに見たよ。身分証をもらったから、夜にも町にいることはできるんだけど、あれを見るとなんとなく町にいちゃいけないような気がするんだよね」

アレンは立ち止まって改めて壁を眺めている。

「壁は壁だろ。魔物が襲ってきたときに町の人を守るためのものだと思えば、むしろいいものだと思うけどな」

「それはそうか」

テッドと関わっているときも感じていたことだが、細かいことを気にするサラより、現状をさらっと受け止めるアレンのほうがずっと大人のような気がする。

「お使いで行くこともあるから知ってるけど、あの内側はもっと高級なお店と住宅街なんだ。そしてその奥にさらに第一層の壁がある。そこには町長とかいるらしいけど、俺は知らない。ハンターやギルド関係の人たちはだいたい第三層か町の外で暮らしてるよ」

「すごく差があるんだね」

「それが普通だろ」

見事なほどの階級社会だが、そのことを言っても仕方がない。むしろ、一二歳の子どもがなんとか一人でも暮らしていける町であることをありがたいと思わなければとサラは思うのだった。

「それよりさ、あそこ」

アレンがそわそわと店を指さした。鳥の形をした看板がゆらゆらと揺れている。

「あそこ。オオルリ亭っていうんだ。肉がうまい」

肉と聞いてサラの口によだれがあふれそうになった。

「肉！　食べたい！」

そのまま人ごみをかき分けるように店にやってきた。

ギルドと同じような両開きのドアを押して開けると、そこは料理のいい匂いと喧噪《けんそう》であふれていた。決して狭い店ではないが、テーブルの空きがないほど賑《にぎ》わっている。

「いらっしゃい！　おや、アレンじゃないか」

白いエプロンをつけて忙しそうに動いていた、おかみさんというには若々しい女性がアレンに気づき、立ち止まった。年のころは三〇代半ばだろうか、波打つ金髪を後ろで一つにまとめ、きびきびと立ち働いていて気持ちがいい。こちらに向けた目はきれいな緑色で、サラはちょっとだけネリーを思い出して切なくなった。

「エマ！　俺、ハンターギルドに登録できたんだよ！」

「そりゃあよかったねえ。ほら、あっちに座りな」

両手にたくさんの皿を持っていたおかみさんは、店の奥にある柱の陰に少し隠れた席を顎《あご》で指し示した。

サラもアレンにくっついて移動し、二人席に向かい合って座る。

「ここってずいぶん隅っこだね」

「ああ、魔力の多い奴はたいていここに座らされる。皆わかってるから、圧に弱い人たちは入り口のほうに座るよ。あまり気にならない人はこの近くにも座るけど」

アレンがちらりと見たテーブルの男性たちは、あからさまに嫌な顔をして席を移動していた。

サラは驚くと共にちょっと悲しい気持ちになった。アレンはそんなサラに、気にしなくていいんだというように笑ってみせた。

「あの人たち、あんまりここに来たことがないのかもしれないな。でも、ああやって文句も言わずに黙って席を移動してくれるだけで十分だ。この店の客にはハンターが多いから、だいたいの人は魔力の多い人に慣れていて居心地がいいんだよ」

　確かに、子どもだけなのに絡まれたりするよりはずっといい。テーブルごとのメニューのようなものはないようだが、壁にいくつか料理名と思われる紙が貼ってあった。

　しかし、アレンはそれを見もせずにサラに話しかけた。

「おすすめはさ、オークか、ツノウサギなんだけど、ツノウサギのほうが高い」

「串焼きもそうだったよね」

「ツノウサギは食べる部分が少ないのと、狩る人が少ないから、ちょっと割高なんだって」

「それならね」

　サラは目をキラキラさせた。草原であんなにサラにぶつかってきたツノウサギがどんな味がするのか、とても興味があったのだ。それにギルドの食堂では賄いご飯のメインはほとんどオーク肉である。

「ツノウサギ」

「だよな」

　アレンはそう言うと思ったぜという顔をすると、近くを通ったおかみさんにすかさず注文をした。

「エマ、ツノウサギの定食二つ！」

「はいよ、ツノウサギ定食二つだね！　でも、二〇〇〇ギルするんだよ。大丈夫かい」

　最後のほうは二人の懐具合を気遣ってか、小さな声で確認してくれた。ローザは物価の高い町らしく、パン一つが二〇〇ギルもする。つまり、何でもない定食でも値段は高めなのだ。ちなみにオークの定食だと一五〇〇ギルで食べられる。

「大丈夫だよ」

アレンは収納ポーチからきらりと身分証を出して、おかみさんに見えるようにした。サラは隣でうんうんと頷《うなず》いた。口で言えば済むものを、わざわざ身分証を見せたいという気持ちはよくわかる。

「おやまあ、本当にハンターになったのかい」

「俺もサラも身分証をもらって、二人ともちゃんとギルドで買い取りしてもらってきたから」

サラにもちゃんとお金があるんだよ、ということをさりげなく言ってくれた。

アレンは身分証をしまうと今度はポーチからお金を取り出し、サラに目で合図した。サラもアレンを見て、ポーチから穴のあいた銀貨を二枚取り出し、二人でテーブルに置いた。

「料理が来たときに支払いだからね！　これからひいきにしとくれよ」

おそらく、初めて来たサラのためにわざわざそう説明してくれたのだろう。エマはどうやら見た目どおり親切な人のようだ。

店はけっこう広くて、二人席がほとんどだが、中にはその席をくっつけて四人席にしている人もいて、食事をとるだけでなく、お酒を飲んでいる人もいるようだった。

「ハンターが多いから、たいていの人がダンジョンから戻ってきたばかりだと思うとわくわくするよな」

「そうなんだ」

そう言われて店を見渡してみると、一〇代後半から四〇代くらい、そして少し男性が多いけれど、女性もけっこういた。ダンジョンに入っていたのかどうかはわからないが、確かに仕事が終わった満足感にあふれているように見える。

「いろいろな人がいるんだね」

「魔力の多い人がハンターになることが多いから。身体強化をすれば男女はあまり関係ないんだ。あとは若い人はもちろんだけど、経験が大事だから年を取った人もいる」

経験が俺たちに足りないものだよなと言ってアレンは笑った。

「はい、お待たせ！　ツノウサギの煮込みだよ」

目の前にどんどんと置かれたのは、肉と野菜がゴロゴロと入ったシチューの大きなボウルとスライスされたパンだった。

「そしてはい、ハンターになったお祝い」

続いてどんどんと置かれたのは、エールのジョッキだった。

「エールじゃないからね！　ヤブイチゴのジュースを薄めたものだよ。あんたたちにはまだこれがお似合いさ」

おかみさんはぱちんとウインクをすると、テーブルの上のお金をさっとポケットに入れてすたすたと戻っていった。

「ジュース嬉しい！」

「だな！」

子どもなのだから背伸びしても仕方ない。ジュースが素直に嬉しいお年頃なのだ。それに、この世界に来てから、お茶を飲むことはあってもジュースを飲んだことなどなかった。

「ヤブイチゴ。せっかくの山暮らしなんだから、春になったら薬草を採るついでに探してみよう」

サラは自分でも作ってみようと決意した。それから二人でジョッキを持った。

「それじゃ、乾杯！」

「乾杯！」

まず一口だけ味見しようと思ったサラだったが、少し冷たくてほんのりと甘酸っぱいジュースは乾いた喉にするすると通っていく。ラズベリーを思わせるさわやかな香りに、一日の疲れも流されていくようだ。

「「ぷはー」」

二人は顔を見合わせてニコッと笑った。

「「うまい」」

次はツノウサギの煮込みだ。見た目は野菜と肉がゴロゴロと入ったビーフシチューのようで、スプーンでも半分に割れるくらい肉は柔らかく煮込まれている。大きい塊を思い切って口に入れても、ほろほろとほどけ口の中に肉汁があふれた。一緒に入っている野菜も肉の味が染みて味わい深い。

「今度から草原を歩くときは絶対に拾ってこよう」

そう決意するほどにおいしかった。ツノウサギが面倒くさい魔物からおいしい食材に格上げされた瞬間である。

「普通、ツノウサギは落ちてないからな」

「はい……」

冷静に指摘してくるアレンに、勝手にぶつかってくるんだものと言い訳する場面ではないことくらいはサラだって理解している。

付け合わせのパンで煮込みの最後の汁までぬぐって食べたら、おなかいっぱいだ。

「な、まだそこまで遅い時間じゃないから、テントを見に行かないか」

「行く！」

ツノウサギの定食に満足した二人は、そこからハンターの装備などを扱っている道具店に出かけることになった。

「テントって、旅をする人じゃないとそこまで必要ないからさ。ローザの町に来る奴はそもそも持ってるだろうし、いいのあるかなあ」

「あるといいなあ。できれば安くて軽いやつ」

多少の不安を抱えながらも、街灯と店の灯《あか》りでほの明るい通りを道具店に案内してもらう。

「ここだ」

アレンの指し示す店の入り口は狭かったが、入ってみると中は広々としていた。

「いらっしゃい。おや、小さいお客さんだな」

白髪の交じり始めた髭《ひげ》を蓄えたおじさんがカウンターに座っていて、店内では他にも数人ハンターらしき人が品物を選んでいる。

「わあ」

店の中は外から想像していたよりずっと広くて、並んだ棚にきちんと商品が置かれている。

「あ、結界箱だ」

サラの持っている結界箱と同じものが売っていた。

「おや、結界箱を見たことがあるのかい。あんた、身内がハンターか商人かな」

暇なのかおじさんがカウンターからニコニコと声をかけてきた。

「はい」

素直に頷くサラは、その身内のネリーが強いハンターなのだと自慢したかったが、それをぐっとこらえた。そしてサラがあれこれ言う代わりに、アレンが用件を伝えてくれた。

「おじさん、今日は一人用のテントを買いに来たんだ」

「ああ、お前は、あれか、ハンターギルドの下働きの子どもだな」

お店のおじさんは、アレンの噂《うわさ》だけは知っていたようで、目をすがめるようにしてアレンを見た。

それはサラに声をかけたときとは違って、あまり好意的なものではなかったが、アレンはさっとポーチから身分証を取り出すと、おじさんのほうにかざして見せた。

「俺、昨日からハンターになったんだ」

「ほう」

一瞬でおじさんの声が変わり、大きく頷いた。

「それなら、今日からお前は客だな」

「そうさ」

アレンは素直に胸を張ったが、すぐに申し訳なさそうに頭に手をやった。

「でも今日は俺は客じゃないんだ。テント買いたいのはこいつ。サラ」

「サラというのかい」

「はい。よろしくお願いします」

サラは慌てて軽く頭を下げて挨拶すると、ポーチからそっと身分証を取り出した。

「あの、私も昨日これをもらいました」

「ほう。ハンターギルドの身分証だな。ということは、町の子ではない。つまり、あんたはあの噂の……」

どんな噂なんだろう。サラはドキドキしたが、店のおじさんはそれ以上何も言わずに、

「テントは新品は店の右奥。中古はさらにその奥にあるよ」

と教えてくれただけだった。

「行こう」

「うん」

左右の何に使うかわからない道具を眺めながら店の奥に向かうと、きれいにたたまれたテントのコーナーがあった。

「わあ、これきれい。値段は、っと。三〇万ギル！」

「サラ、それ五人用って書いてあるじゃん」

「そ、そうか。焦ったよ」

「一人用はこっち」

一人用は端のほうにまとめて積み上げてあった。

「新品が五万……。中古だと二万か……」

サラの今の節約したい気持ちだと中古を買いたいところだ。しかし、やはり新品にも惹《ひ》かれるものがある。

「あんたも、もしかして町の外住みなのか？」

割と近くで声がしてサラは驚いた。サラが悩んでいる間に、いつの間にか店のおじさんがカウンターの外に出てきていたようだ。アレンの圧が強いせいか一定以上には近寄らないけれども。

アレンとサラは顔を見合わせた。

「そっちが外住みだってのは知ってる。サラだったか、あんたもかい？」

サラはためらいつつ頷いた。

「姉だか親戚だかを捜して、子どもが一人、ローザの町をうろうろしてるって噂が流れていてな。どうやらハンターギルドに落ち着いたようだってこともな」

そんな噂が流れているとは知らなかった。

「ローザの町はハンターならしょっちゅう入れ替わるから誰も気に留めたりはしないさ。けどな、やっぱり子どもは目立つんだよ。しかもあんた、女の子なんだろ。無理してでも町の中に住んだほうがいいんだが」

宿に泊まれないことはない。しかし、知らない人ばかりの町より、町の外のほうが気兼ねがないのも確かで、そう簡単に町に住む決心はつかないサラである。

「どうしてもテントを買うなら、中古にしときな。新品はなめられるし、狙われかねないからね」

そういう考え方もあるのかとサラは感心し、素直に少し古びた中古品を手に取った。

「服はぶかぶかだが、清潔で質もよく、振る舞いは上品。町の外で暮らすような子どもには見えんのだが」

髭を手でひねりつつそう言われても、サラには説明しようがない。

「外住みの子どもはね、やっぱりよくは思われないんだよ。今は事情があるのかもしれないが、なるべく早く町に泊まれるようになりなさい」

大きなお世話だと思ったが、とりあえず二万ギルの中古のテントを買い、店を出た。気づけば思っていたより時間が経《た》っていたようで、暗くなった空を見て大急ぎで町の外に向かった。

だいぶ遅い時間だったせいか、門番も馴染《なじ》みの人ではなかったし、普段テントを張るところにはもう他の人がテントを張っていて、二人はいつもより奥の場所に行かなければならなかった。

「ここ」

「うん。初めて会ったとき、サラが座ってた場所だ」

「たった半月かそこら前のことだよね。懐かしい」

こうして改めて眺めてみると、月明かりが町の壁に反射しているせいか、草原や森で寝泊まりしたときよりずいぶん明るい感じがする。

アレンに教わりつつテントを張ると、中に入ってみた。さっそく寝転がってみる。

「案外広いな。でも」

周りが見えなくて、かえって不安だ。すぐ隣にはアレンのテントもあるのに、まるで世界に自分一人のような気がしてしまう。落ち着かなくて、すぐに外に出た。

「わあっ」

すぐそこにアレンがいて、頭をぶつけるところだった。

「自分のテント、いいだろ」

いい笑顔でしゃがみこんでいたアレンは、感想を聞きたくて待ち構えていたらしい。

アレンのキラキラした顔を見ていると、サラも楽しくなってくる。

自分で稼いだお金で、初めて自分が選んで買ったものだ。サラは改めて少しくたびれたテントを眺めた。

「うん。なんか、いい」

小さいけれど、自分だけの家である。そしてとりあえず、ここからがローザ暮らしの本当のスタートなのだ。

「ネリー、私、頑張るよ」

星空に誓う。

「さて、とりあえず体を拭こう」

「ええ、今日くらいよくないか」

アレンが渋るが、別にアレンに強制しているわけではないのにとサラはおかしくなった。

「身だしなみ、大事だから」

「ちぇ」

不満そうでも、テントの中できちんと体を拭いているアレンは真面目な少年なのである。

結論として、やはり心置きなく使えるテントはよいものだった。

第一章　騎士隊とサラ

とりあえず生活には困らないからという理由で薬草はしばらく売りに行かないと決めていたサラだったが、テントを買って何日もしないうちに、テッドが薬草を引き取りに来た。お昼前のことだ。テッドは前日もサラに嫌味《いやみ》を言いに来ていたし、薬師ギルドは暇なのかと言いたくなる。

そもそもサラはテッドが好きではない。サラには意地悪しかしたことがないし、アレンに至ってはテッドの意地悪で危うく命を落としかけたのだ。しかし、確かに売店のポーションも薬師ギルドからの補充が少なく在庫が厳しい感じがしたので、サラはしぶしぶとだが薬草を出してあげた。

サラとアレンがお使いで北ダンジョンにポーションを届けたとき、薬師ギルド長のクリスという人が、自分が北ダンジョンから戻るまで薬師ギルドには行くなと言っていたなとサラは思い出す。だが、薬師ギルドのほうから来たのなら売ってもいいだろうという判断でもある。そんな親切なサラに礼もせずにサラのかごごと薬草を持って帰ろうとしたテッドだが、受付のカウンターから声がかかった。

「ちょっと待て」

ヴィンスである。

「チッ」

振り返る前に舌打ちした音は皆が聞いていたと思う。厨房《ちゅうぼう》の入り口のところにいたサラにも聞こえたくらいなのだから。

「テッド、薬草はここで数えていけ」

「なんでそんなことしなくちゃいけないんだよ」

「お前さあ」

ヴィンスはカウンターに座ったままため息をついた。それでもテッドは面倒くさいという態度を崩さない。

サラはテッドが数日前、ヴィンスに吊《つ》るし上げられているのを見ていた。普通、そこまで脅されたら怖くて、あるいは恥ずかしくて、ハンターギルドの近くに寄るのでさえ嫌なものではないのか。それなのにテッドは毎日のようにハンターギルドにやってきてはサラに嫌味を言い、あまつさえヴィンスに言い返したりする。アレンの他には、ローザの町で一番サラに話しかけているのがテッドではないかと思うほどだ。もはや感心するレベルである。そしてちょっと気持ち悪い。

「ことサラとアレンのことに関しては信用できないんだよ。ここで数えていけ」

「チッ」

また舌打ちしたものの、テッドは素直にヴィンスの前のカウンターに薬草かごをそっと置き、数え始めた。態度と違って、薬草を扱う手つきは丁寧で慎重だ。

「……薬草五〇〇、上薬草一五、魔力草一〇」

数を言う前に、不審な間があったのに誰もが気がついた。

「ごまかそうと」

「してねえよ！　ただ」

「ただ、なんだ」

ヴィンスの言葉に、テッドは強い視線を向けた。

「あいつが前回、うちのギルドに薬草を卸してからきっちり五日。この薬草類も、きっちり五日分だ」

「それがどうした」

ここぞと厨房の入り口で話を聞いていたサラは、むしろ自分の動向をきちんと押さえているテッドがなんとなく不気味でぞわっとした。

「つまり、この薬草が足りない状況の中で、毎日決まった数ずつ薬草を採ってる。しかもいつ来てもここで働いてる。つまり、もっと採ってこられるのに採ってきてないってことだろうが」

そこまでテッドに生活を把握されているかと思うと鳥肌が立ちそうだ。サラは思わず両腕をこすった。

「テッド、お前気持ち悪い奴だな」

ヴィンスがサラの代わりに言ってくれた。

「なっ！　なんでだよ」

ヴィンスは冷たい目をしてテッドを見ていたに違いない。

「サラのことをあれこれ言う前に、自分たち薬師ギルドのことを振り返れよ、テッド」

「なんのことだ」

「お前個人がやらかしたことだけじゃねえ。薬草が欲しいんなら、薬師ギルドとしてサラに正式に今までのことを謝罪して、改めて薬草採取を依頼すればいいだけのことだろ。それを怠っているくせにサラにあれこれ言うのはやめろってことだよ」

テッドはふんと鼻を鳴らすと、薬草を丁寧に詰め直してそのまま帰ろうとしてまたヴィンスに止められている。

「しめて五万七五〇〇ギルだろ。置いてけ」

「あとでかごと一緒に届けさせる」

テッドがバタンとギルドから出ていってやっと、時が動き出したような気がした。

「あ、仕事しなきゃ」

「そ、そうだな」

サラは独り言のつもりだったが、厨房全員が固唾《かたず》をのんで聞いていたようで、それをきっかけに厨房の中の止まっていた時が動き出したかのようだった。

テッドのことは気に入らないけれど、ハンターギルドでの働き以外に収入があったら、だいぶ生活は楽になるとサラはほっとした。安定して薬草を買ってもらえるとすれば、毎日一万ギルは余分に収入がありそうだ。

ネリーが帰ってくる頃には、暮らしていけるだけでなく、貯金もできているだろう。

「よし、頑張るぞ」

厨房での仕事が終わり、時間になって売店の売り子をしていたら、受付のミーナという女性が話しかけてきた。先ほどの薬草のやり取りを聞いていたようだ。ミーナはヴィンスよりは少し若い、落ち着いたきれいな女性だ。サラにもいつも親切にしてくれる。

「サラは薬草だけで下っ端のハンターよりはよほど稼いでるかもね。弱い魔物をほんの少ししか狩れないハンターもいるから。もっとも、ローザには下っ端のハンターなんてあまりいないんだけどね」

「そうなんですか」

サラも毎日ハンターにお弁当やポーションを売っているが、年齢や男女の違いくらいしかわからないので、誰が下っ端に当たるのか想像もつかなかった。

「そもそもこの辺は弱い魔物がいないもの。ハンターになりたての初心者はここから南にずっと下ったほうで修行するのよ。初心者用のダンジョンならそれこそ一二歳でもへっちゃらよ」

一二歳がどうであったらへっちゃらなのか今一つわからないサラだったが、神妙に頷《うなず》いておく。

でもそれならアレンはどうなのだろう。

「アレンは大丈夫なんですか？」

「大丈夫じゃなきゃダンジョンなんて潜らせないわ」

心配そうなサラを見て、ミーナはもう少し詳しく説明してくれた。

「そうねえ、サラはダンジョンの中は知らないから、草原の魔物でいうと、ツノウサギはかなり強い部類に入るわね。とにかく突撃力が強いから、初心者はまず防御ができないのよ。だからアレンのようにやられる前にこぶしで殴り倒せるのなら初心者とは言えないわね。つまり、ローザのダンジョンでも低層階なら問題なしってことよ」

サラはちょっとほっとした。

「私はこぶしでツノウサギなんて倒せないから、初心者もいいところですよね。身分証をもらったからって無理しないようにしないと」

「ゲホゲホッ」

「あらヴィンス、どうしたの？」

急に咳《せ》き込んだヴィンスにミーナが心配そうな目を向けている。

「い、いや、ほら、ハンターには魔法師もいるだろ、あと剣や弓を使う奴もさ。こぶしで倒せなくても、ツノウサギを倒して納品できるのは初心者ではないよなって」

「確かにそうねえ。でも今はアレンの話よ？」

「そ、そうだな。身体強化特化だもんな、あいつ。あれ」

ヴィンスが入り口のほうを見たので、サラもつられてそっちを見ると、いつも一人で元気に走ってくるアレンが、数人のハンターに囲まれるように歩いてくるところだった。絡まれているのかと思い、思わず走り出しそうになったサラだったが、よく見るとハンターたちの中にさりげなくアレンの後方を注意して見ている人がいる。つまり、アレンは守られているのだ。でも、どうしてだろう。

「アレン？」

少しうつむいていたアレンが、サラの声ではっと顔を上げた。しかし、話し始めたのはアレンを囲んでいたハンターのうちの一人だった。

「ヴィンス、こいつさ、しばらくダンジョンに潜らせないほうがいいかも」

「どういうこった」

話はよくわからないながらも、サラはとりあえずアレンのそばに駆け寄った。

「下っ端ハンターに絡まれて、狩りの邪魔をされてる。反撃したくても魔物なら手が出せるが、人には手を出せねえからな。どうせ下っ端はすぐローザから出ていくから、そこまでアレンは我慢しとくのが得策だと思うが」

「そんなにか」

「どんなに身体強化に優れていても、ダンジョンにいる間ずっと身を守り続けてはいられねえよ」

その言葉にアレンは悔しそうにぐっとこぶしを握った。

一難去ってまた一難。テッドの嫌がらせにもめげず、せっかく身分証をもらってハンターになったのに、ダンジョンに潜れないかもしれないなんて。サラは心の中でまだ見たことのない下っ端ハンターにシュッシュッとこぶしを振ったが、現実としてサラにできることは何もない。

サラにできるのはそばにいることとご飯を分けてあげることくらいだけれど、できるだけのことをしてあげたいと思うのだった。

「じゃあ、俺たちは行くわ」

どうやらハンターたちは、アレンを心配してダンジョンから連れ出してくれたようだ。

「ありがとうございました」

しっかりと頭を下げたアレンは、さすがにやりきれないという顔をしていた。

「まあ、この数日間もしっかり稼いでたし、生活費は十分あるな、アレン」

「うん……」

なんとしてでもダンジョンに入りたいと言うかと思ったが、アレンはヴィンスの言葉に素直に頷いた。

「だって、間違ってでも、人は傷つけたくないんだ、俺」

こういうまっすぐな少年だから、アレンのことを助けようとする人がいるのだと思う。

「とりあえず、昨日みたいに一緒に店番しない？」

サラの誘いにアレンはどうしようという顔をしていたが、ヴィンスたちが肩をすくめただけだったので、許可が出たと判断してアレンを売店に連れていった。

時々来る客をさばきながら、サラはアレンに尋ねた。

「他の人に邪魔されるの？」

「うん。そばにいて魔物を横取りしたり、こぶしがかすめそうなところにわざと近寄ってきたりする。数人に囲まれちゃったらもう、なんにもできないんだ」

「そんな暇あったら、どんどん魔物を狩ったほうが早いのにね」

「そうだよな。俺、最初に魔物をたくさん売っといてよかったよ」

二人とも身分証をもらったときにしっかり魔物を売ったから、数ヶ月は稼がなくても生活できるだけのお金はある。

「あーあ、明日からまたお使いかあ」

嘆くアレンは、休んだりせずに、雑用をしてちゃんと働くつもりなのだ。

その時、外が騒がしくなったかと思うと、ギルドの入り口がバーンと開いた。

「薬師ギルドの人たちを！　仲間がやられた！」

叫びながら飛び込んできたのは一〇人ほどのハンターらしき人たちだ。

いや、ハンターなら防具はばらばらだが、この人たちは揃《そろ》いの防具を身につけている。汗で髪が張り付き、疲れた顔をしているが、心なしかイケメンばかりのような気がする。サラははっと気がついた。アレンのお使いに追いついたときに見たではないか。騎士隊の人たちだ。動きやすいように胸当てと脛《すね》当《あ》て、そして小手という軽装だが、色が赤だからちょっと目立つのだ。

しかし、お互いに肩を貸しあい、明らかに怪我《けが》をしている。

ヴィンスが受付でがたりと立ち上がった。

「騎士隊か。アレン！」

「はい！」

「薬師ギルドに。騎士隊が怪我をして帰ってきた。薬師とありったけのポーションをと伝言を！」

「わかった！」

サラが何か言う間もなく、アレンは風のように走り出ていった。テッドとのいわくがあるはずなのに大丈夫だろうかと心配になる。しかし、今問題なのは目の前のこの人たちだろう。

「これが騎士隊の人たち」

サラは目を丸くしてその人たちを眺めた。お使いの時は眺めている余裕などなかったのだ。服が破れていたり、血がついていたりするところはあるが、お互い支えあってはいてもとりあえず皆自分の足で立っており、今にもどうにかなりそうな人は一人もいない。

それでも薬師ギルドの人たちを呼ぶということは、回復しきっていないということなのだろうし、ありったけのポーションをとヴィンスは言っていた。

サラは振り返って売店の在庫を確認した。数は少ないが上級ポーションもポーションもある。

ヴィンスがアレンを薬師ギルドにやり、ばたばたと指示を出している間にも、騎士たちは疲れて今にも倒れそうだ。

サラはまだ混んでいない食堂を眺め、椅子の数を確認すると、ヴィンスのほうにぱたぱたと走っていった。

「ヴィンス」

「なんだサラ。今忙しいんだが」

ヴィンスはちらりとサラを見ると、騎士たちのほうに面倒くさそうな顔を向けた。サラは小さい声でヴィンスに話しかけた。

「売店には上級ポーションが五つ。ポーションが一〇ほど残ってます。それから食堂の椅子が空いているから、とりあえずそこに座らせたらどうですか」

「ポーションは助かるが、出すかどうかは薬師が来てから判断したほうがいい。もったいないからな」

今、もったいないからって言わなかったか？　サラは驚いてちょっと固まった。

「そうだな、確かに椅子に移動させたほうがいいな。あいつら入り口にいて邪魔くせえし」

疲れ果てて怪我をしているというのに、ずいぶんな言い草である。

それでも許可は出たので、サラはふらふらしている騎士たちに声をかけた。

「あの、薬師が来るまで、こっちの椅子にどうぞ」

「君は……」

比較的しっかりと立っている青年がサラに気づき、自分が支えている仲間を椅子に移動させ始めると、それに続いて騎士たちがぞろぞろと食堂の椅子に向かった。

サラは自分のポーチから桶《おけ》と新しいタオルを出し、自分の私物を提供することにちょっと迷いながらも、桶にお風呂くらいの熱さのお湯を魔法で注ぐとタオルをつけて絞り、さっきサラに気づいた青年のそばのテーブルにそっとのせた。桶は使うかもしれないからそのまま足元に置いておく。

それから急いで厨房に向かうと、マイズに声をかけた。

「なんだか騎士の人たちが怪我をして戻ってきたんですが、すぐ飲める何かを出しますか？」

「そんな義理はねえけどな。まあ、サラに免じて出してやるか」

ヴィンスと同じで、厨房も騎士たちにはなんだか冷たいのだった。

それでも手際よく並べられるエールをサラが冷やしていく。それを厨房の人が興味津々で見ている。

「お前、弁当温めてたが、冷やすこともできるのか」

「はい。仕組みは同じなので」

「同じ？　同じか？」

サラの答えに悩みながらも手際よくエールのカップを片手に二つずつ持つ同僚の隣で、サラは無理せずに一つずつ持つ。

「厨房から差し入れでーす」

「冷たいエールでーす」

同僚がとん、とん、とテーブルにカップを置いていく横で、サラはこぼさないよう慎重にカップを置いていく。なにしろ、基本は芋剝《いもむ》き担当であって、給仕ではないのだから。

「君は……」

また君と呼ばれたが、その騎士はちゃんとタオルを使ってくれていたようで、顔がさっぱりしている。よく見ると、少し濃い金髪に青い瞳、テッドと同じくらいの年のハンサムな青年だ。いや、テッドと比べるのも申し訳ないほどくっきりしたイケメンである。しかし、タオルを他の人に回すということをしていない。

「あの、そのタオル、洗うので他の人にも回してください。それとも自分のタオルを使います？」

「他の人？　ああ、これは君のだったか。皆、自分のタオルを出してくれ！　顔が拭けるぞ！」

その会話の間に、厨房の同僚が気を使って桶をいくつか持ってきてくれたので、サラは魔法でどんどんお湯を入れていき、タオルを受け取っては絞って渡した。少しは身ぎれいになって、ほっとした顔をしている騎士がほとんどだ。

「そもそも、同行したクリスとギルド長はどうした。騎士隊だけ帰ってくるとはどういうこった」

やっと少し落ち着いた頃にヴィンスがそう尋ねたが、答える間もなく薬師ギルドの面々が到着した。といっても知っている薬師はテッドだけだ。そのテッドの勢いを見ただけで、サラはさっと自分の桶を抱えて厨房に体を向けた。

「邪魔だ！　どけ！」

絶対そう言われると思ったからだ。でも逃げる体勢ができていたサラはさっとそこから逃げ出すと、テッドに向かってべーっと舌を出した。

「なっ」

「テッド！　集中しろ！」

「やーい」

サラは叱《しか》られたテッドに聞こえるか聞こえないかくらいの声で囃《はや》し立てた。テッドが苛立《いらだ》った顔でこっちを見たから聞こえたのだろう。それだけでなんだかすっきりしたので、サラはそのまま厨房に引っ込んだ。もちろん、サラだって子どもっぽいことをしたのはわかっている。でも大人とは思えないテッドのレベルに合わせたらこのくらいがちょうどいいと思う。サラは一人頷いた。

「サラ、逃げてきたのはわかるんだが」

マイズがちょっと戸惑っている。

「店番、いいのか？　まだモッズが来てないようだが」

「あ」

騎士隊の騒ぎをよそに、いつものようにハンターたちがお弁当を買いに来て売店の近くをうろうろしている。自分はこの騒ぎには関係ないという態度がヴィンスやマイズと同じでサラはちょっと笑い出しそうになった。

「テッドは今、手が離せないから出ていっても大丈夫そう」

顔を出したサラを薬師と一緒に戻ってきたアレンが見つけてくれた。

「サラ！　ほら」

アレンが厨房まで走ってきて手を伸ばしてくれたので、サラは思い切って手をつなぎ、二人で売店まで走った。そんな二人をギルドの面々は温かい目で見ていた。

売店に入るとさっそく、うろうろしていたハンターがほっとしたように声をかけてきた。

「何かあったようだが、何があっても俺たちは明日もダンジョンに行かなきゃならないからな。弁当三つ。温めてくれ」

「はい！　四五〇〇ギルに温め代三〇〇です」

「ほらよ」

「ありがとうございます」

まず空の弁当箱を受け取り、次に温めた弁当と引き換えにお金を受け取って、三〇〇ギルはちゃっかり別にしているサラの手元を、アレンがキラキラした目で見ている。

「すげえ。パン一個分を稼いでる」

「ね？　すごいでしょ」

サラは鼻高々である。その二人だけを見ていると、騎士隊の騒ぎなどなかったかのようだが、現実には怪我人は着々と治療されていた。

「とりあえずはポーションで治療できていたようだが、いったい何があったんだい。怪我の様子を見ると、けっこう深いものもあるが」

見たことのない薬師が、騎士を手当てしながら問いかけている。年はミーナと同じくらいの少し落ち着いた人だ。

サラは薬師とはポーションを作る人だと思っていた。しかし、やってきた薬師は、一人一人の顔色や体の様子を丁寧に見ながら適切な量のポーションを飲ませている。人によっては時間を置きながら小分けにしたポーションを与えていたりもする。

ふと見るとテッドでさえ、真剣な表情で怪我人に向き合い、優しい手つきでポーションを飲ませている。それは意地悪なお使いに行かされたアレンを助けに行ったときのクリスの態度にそっくりだった。

「テッド、ちゃんと薬師してるんだね」

「だからって、俺たちに嫌な態度をとっていい理由にはならないけどな」

「それはそう」

サラとアレンがテッドに気を取られている間にも、薬師と騎士の話は続いていた。答えている騎士は怪我をしていた人ではなく、サラがタオルを渡してあげた人だ。若いように見えたが、確かに一番しっかりしているようでもあった。

「まず北ダンジョンまでの街道では、結界がほとんど効いていなかったんです。安全な街道を歩いているつもりなのに、ツノウサギがガンガン当たってきました」

途端にギルドがざわりとした。そしてテッドがはっと顔を上げたのが見えた。

「結界がない、だと？」

ヴィンスの声がしたが、とりあえず話の邪魔はしないようだ。

「それでも草原で危険なのはツノウサギ程度です。恐ろしいほどの数をなんとかさばいて、北ダンジョンにたどり着くまでは順調でした。しかし、ダンジョンに入ってすぐの森を抜けた途端、高山オオカミの群れに襲われました」

懐かしい名前を聞いたがちっとも嬉《うれ》しくない。サラの眉間にしわが寄った。やっぱりどこのダンジョンでも高山オオカミは厄介な存在なのだ。もっとも、魔物はどれも迷惑な存在なのだとは思うが。いや、おいしい魔物は別だ。

「ばかな。北ダンジョンの低山地帯は森オオカミの縄張りのはずだ。森オオカミなら、攻撃力はツノウサギとそう変わらないはずだし、高山オオカミの生息域はずっと上のほうだろう」

今度はヴィンスがはっきりと話に割り込んだ。

「ヴィンス。ちょっと待ってくれ。こちらの話が先だ」

薬師の人はさっと右手をあげてヴィンスに黙れと合図した。ヴィンスよりは若い気がするが、薬師ギルドでは案外力があるようだ。それならテッドのこともちゃんと見ていてくれたらいいのにとサラは不満に思った。

「で、高山オオカミに襲われた、と」

「そうです。ただ、その時はすぐにその場に結界箱を置いて高山オオカミを寄せつけず、怪我をした数人もいったんは傷も治療したんです」

「ふむ」

「でも、高山オオカミは何かを警戒するようにずっと周りを取り囲んだままでした」

「あいつら、しつこいからな」

ヴィンスのあーあという言葉の雰囲気に、やはりそうなんだとサラは一人頷いた。

「この調子で怪我をされては上に行くまでにポーションがなくなるので、その、足手まといは帰れと、ギルド長に言われて。いったん森まで戻ると確かに高山オオカミはすぐにいなくなりました。代わりに弱いオオカミが出てきましたが」

サラはやっぱり高山オオカミは危ない生き物なのだと再確認した。森オオカミはたいしたことはなかった、うん。

「いったん治療を受けて、帰りの森がなんとかなったのなら、なぜまた怪我をしたんだい」

「それは……ツノウサギです」

またギルドがざわりとした。

サラの知っている範囲では、ツノウサギはアレンでも狩れる魔物だ。そんなツノウサギにやられたというのは、騎士隊がよほど弱いということなのか、それとも他に理由があるのか。そもそも、行きはなんとかさばいたと言っていたではないか。

「行きはもう少し人数も多かったし、元気だったから問題なかったのです。それでもなぜあの草原はあんなにツノウサギが多いのか。ポーションで治療したとはいえ、怪我のダメージが残ったまま草原を戻ったら、油断していたのか一人がやられて、それをかばおうとしてもう一人がというように連鎖してしまった。そのうち預かってきたポーションもすべてなくなってしまい、こんなことになりました」

騎士というのは、ほとんどが身体強化型の剣士のようだ。弱っていて身体強化が十分にできなければ、ツノウサギにやられることは十分にありえるとサラは思った。

テッドにだまされてお使いに行ったときも、アレンはすんでのところでやられるところだったではないか。

「確かにこの傷の深さ、ツノウサギと言われると納得だな。ツノウサギは草原特有の魔物で、慣れていないとベテランのハンターでさえ怪我をすることがあるからな」

その薬師の声に、ギルドの誰もが当然だという顔をしているので、どうやら騎士隊が特別弱いということではないようだ。

ヴィンスが顎《あご》に手を当てて深刻そうな顔をした。

「あんたらの言うことが正しいとすると、北の草原は街道に結界もなく、そのうえツノウサギの数が増えてるってことになるな。じゃあもしかしてワタヒツジも集まっていたりするのか？」

「あ」

思わずサラは声をあげた。あの、ツノウサギの角が刺さってもまったく気にした様子のないモフモフした羊のことだろうか。それならずいぶんたくさん見たが。

「サラ、お前……」

ヴィンスはサラのほうを一瞬いぶかしげに見ると、はっと何かに気づいた顔をし、それから目をきつくして何も言うなよと伝えてきた。

もちろん、こんなところで何も言ったりはしない。そもそも目立つのは苦手なのだ。

「とにかく、薬師にできる治療は終わった。体力までは戻らないから、あとはゆっくり休むしかない。宿に戻ってたくさん食べて、ゆっくり寝るといい」

そう言って話を打ち切った薬師が立ち上がると、あたりにはほっとした空気が広がった。

「ちょうど上薬草が納められたばかりで助かった。そうでなければ上級ポーションの在庫が切れていたところだったからな」

テッドがちょっと苦い顔をしていたが、サラは売店のカウンターの後ろで胸を張った。

どう考えても、毎日コツコツと薬草を採り、意地悪なテッドにも寛大な心で売ってあげたサラの手柄といえよう。しかもそれを自慢したりもしない、謙虚な人柄なのである。

「おいあんた」

ヴィンスが話をしていた騎士に声をかけた。

「リアムです。リアム・ヒルズ」

「俺はヴィンスと呼んでくれ。ここの副ギルド長だ。で、リアム」

ヴィンスはためらわず呼び捨てにした。

「他の者は宿に行かせるとして、あんたにはもう少し詳しく話を聞きたいんだが」

「ええ、大丈夫です。私は特に怪我はしていませんし」

「そのようだな。ではこちらへ」

きっとギルドの裏のギルド長室に行くのだろう。治療の終わった騎士たちも動き始めた。宿に向かうようだ。

サラは使わずに済んだ売店のポーションの棚を眺めた。ハンターに売る分が残ってよかったとほっとしながら。

「ああ、君」

「サラ、声かけられてるぜ」

「私？」

くるりと振り返ると、先ほどの騎士がサラのことを優しい目で見ていた。

「いろいろありがとう。椅子に座れたのも助かったし、顔が拭けたのも、飲み物も本当に嬉しかった。小さいのに偉いな」

「いえ。お役に立てたのならよかったです」

サラはにっこりと返事をした。小さいのには余計だけれど、よく考えたら一二歳なのでまあいいかと思う。むしろ、細かいことをちゃんと覚えていてお礼を言えるのは素晴らしい。

「あれ、君たち二人、どこかで見たことがあるような気がするな」

カウンターに立っているサラとアレンを見て何か記憶が刺激されたようだが、正解である。ポーションを届けた健気《けなげ》な二人組なのだから。

「リアム」

「ああ、はい。ではまた」

ヴィンスに呼ばれて歩き去る騎士はやっぱりテッドと同じくらいの年に見えた。

「けっ。ではまた、だってさ。別にこっちは用事なんてないし。ツノウサギ程度にやられたくせに、かっこつけやがって」

「アレン。それは言っちゃやだめだと思うよ」

いちおうサラはたしなめた。仕事で頑張った人をけなすのはよくない。ただサラの中にあった、ほのかな騎士への憧れのようなものは消えてしまった。疲れていたとはいえ、ツノウサギも倒せない大人なんてがっかりだ。

「だって、あいつらが使ったポーションを届けたの俺たちなんだぞ。それなのに覚えてもいないなんてさ」

アレンの怒っていたのはそこだったらしい。一生懸命頑張ったお使いだったから、軽く扱われて腹の立つ気持ちもわからないでもない。

「確かに。あんな危険なところに子どもがポーション届けに来たら、普通驚くし覚えてるとは思うけどね。でも、私も騎士の人たちのこと、一人も覚えてなかった」

よく考えたらサラだって、お使い先にいた騎士を誰一人覚えていないから、お互いさまなのかなとも思う。

「それにしても、高山オオカミってやっぱり怖いんだね」

「確か北ダンジョンにしかいない魔物で、めちゃくちゃ強いんじゃなかったかな。ええと、毛皮がすごく高く売れる」

アレンが頭の中の記憶を絞り出すように教えてくれた。

北ダンジョンにしかいないという言葉を疑問に思いながら、サラはハッと気がついた。厄介だと思っていたツノウサギはおいしかったではないか。ということは。

「その、高山オオカミって、おいしいのかな」

「肉はすごくまずいので売れない、だった気がする」

「なーんだ」

この瞬間、高山オオカミは命拾いしたと言っていい。もしアレンの記憶においしいと書かれていたら、サラの中で食材に格上げされていたに違いないからだ。

その後、サラが帰るまでに、薬師ギルドからサラのかごと薬草の代金がきちんと届けられた。

テッドによって。

「またテッドなの」

穏やかなサラも、一日に三回もテッドの顔を見たらうんざりだ。

「俺だって別にお前の顔なんて見たくない。ましてそっちの奴なんてな」

テッドはサラと一緒に店番をしていたアレンのほうを嫌そうな顔で見た。それでも、かごはそっと置かれたし、代金も見えるようにカウンターに並べられた。

先ほどきちんと薬師の仕事をしていたテッドの姿も意外だったが、案外、薬師としてはちゃんとしているのかもしれない。

「それでなんだが」

「まだ何か用なの？」

なかなか帰らないテッドに、サラは面倒くさそうに答えた。早く交代のモッズさんが来ないかなあと背伸びをして入り口を見ながら。

「明日も薬草を出せ」

「はあ？」

サラはもちろん明日も薬草を採るつもりだが、こんな言い方をされたらとても売りたいとは思わない。サラはあきれて腰に手を当てた。

「薬草が足りないので、明日も買いたいって素直に言ったらどうなの？」

「それは嫌だ」

「子どもなの？」

サラはため息をついた。そのサラとテッドをアレンは売店の棚を片付けるようなふりをしてちらちらと見ている。先ほどテッドに嫌なことを言われていたが、そんな安い喧嘩《けんか》なんか買わないのがアレンなのだ。そんなアレンを見てサラはポン、と手を叩《たた》いた。

「そうだ、アレンに頼んだらどう？」

「俺？」

「こいつにか？」

「こいつじゃありません、アレンです」

戸惑う二人に、サラは説明してあげた。

「アレンは事情があって、明日はダンジョンに行かないでしょ。どうせ町でお使いするつもりだったんなら、朝は薬草を採ってからでもいいじゃない？」

「ああ、確かにな。俺はいいけど……」

アレンはポーションの瓶を意味もなく並び替えた。

「でも、ちゃんと依頼されたらだ。仕方なく買ってやるみたいな態度じゃ、やってやらない」

「私も」

サラとアレンはそっぽを向いた。テッドは軽いいたずらのつもりだったかもしれないが、サラが迎えに行かなかったら、アレンは大怪我をしていたどころか、死んでいたかもしれないのだから。

それにアレンのことゴミって言ったし、それにネリーの悪口も言ったし。いろいろ思い出してだんだん機嫌の悪くなり始めたサラにちょっとびくつきながら、テッドは大きなため息をついた。

「正直に言う。予想外のことが続いて、今、薬師ギルドではポーションを作るための薬草が足りなくて困ってるんだ。また何か一つ、いつもと違うことが起きたら、怪我人を助けられないかもしれない」

そう言うと、テッドはちょっと詰まった。その先をよほど言いたくないのだろう。いつの間にかギルドはしんとしていた。

「サラ、アレン。できるだけでいい。薬草を薬師ギルドに納めてほしい。特に上薬草があったら助かる」

サラは大きくため息をついた。「意地悪な依頼をして悪かった」とか、「ゴミ呼ばわりすべきじゃなかった」とか、「ごめんなさい」「お願いします」はテッドに期待しても無理なのだろう。この高飛車な依頼が、今のテッドのせいぜいなのだ。

サラは依頼や謝罪がなくても、今日だってテッドに薬草を売った。明日も売るだろう。相手が嫌な奴でも仕事は仕事、報酬は報酬、それが社会人というものである。サラは気持ち的にはテッドよりもずっと大人なのだ。

でもアレンはどうだろうか。サラはポーションの棚のほうを向いているアレンを心配そうに見た。

「仕方ねえな。その依頼、引き受けてやる」

そう言ったアレンの口元は隠そうとはしているがニヤついていた。それを見てサラも思わず口元が緩んだ。

「チッ」

舌打ちするなんて何事だという話だが、テッドにもこのくらいの負け惜しみは必要だろう。だってこの瞬間、サラとアレンは確かにテッドと、もしかすると薬師ギルドにも勝ったのだから。舌打ちされたくらいでは、その晴れやかな気持ちは曇ったりはしなかった。

「おや、薬師のボウズじゃないか。ポーションを納めに来てくれたのかい？」

「ボウズじゃなくて、テッドです」

やっと来てくれたモッズの言葉に憮然《ぶぜん》とした顔を隠さないテッドと、ボウズという言葉そのものに噴き出しそうになりながら、サラはモッズと交代した。

「帰ろうぜ」

「うん。じゃあテッド、また明日、あ」

別に仲良しではないから、また明日なんて言わなくてもいいのだ。

「明日も取りに来るからな。ちゃんと用意しとけよ」

サラはそれでも偉そうにしているテッドにべーと舌を出すと、アレンとギルドを走り出て、そのまま門のところまで来た。

「危うく仲良しみたいになるとこだったよ。よく考えたらあいつが薬草を買ってくれなかったから町の外暮らしになったのに、私」

「サラは怒りが長続きしないからな。無理に仲たがいしなくてもいいと思うぞ」

アレンが大人みたいなことを言うので、サラのほうがあきれてしまった。

「アレンのほうこそ、だまされたこと、もっと怒っていいのに」

「俺はいいや。テッドにいつまでも怒ってるより、もっと強くなったり、お金を稼いだりするほうが大事だ」

「割り切りがよすぎるよね」

アレンはハハッと笑った。今日だって下っ端のハンターに理不尽に仕事を邪魔されていたではないか。

「少なくとも、節約してたときと違って、今は腹いっぱいご飯を食べられるだろ。今日の夕ご飯はなんにする？」

「ここまで来たから、屋台でお肉のいっぱい挟まったパンはどう？」

「それだ！」

少なくとも、毎日稼いだお金で、おなか一杯ご飯が食べられる。いろいろあった一日だけれど、今日も明るく終わったのだった。

いつもよりほんの少し早起きして、何日かぶりの薬草採取に張り切るアレンの手伝いをしながら、サラは明日からの生活を考えた。そういえば身分証を手に入れたことにほっとして、あまり先のことを考えていなかったのだ。

「アレン、そこ。薬草一覧と見比べて、よく見てみて。もっと低い位置から」

「わかった。ええと、この葉っぱの形、上薬草か？」

「そう。今日は薬草はほどほどにして、上薬草をしっかり覚えようよ。薬師ギルドからのちゃんとした依頼だからね」

身分証を手に入れたおかげで、毎日暮らしていく収入の当てはできた。いざとなったら、売れるスライムの魔石もまだたくさん残っている。これから寒くなる季節だが、サラは結界を張って自分を暖めることができるので、町の外暮らしでも問題はない。

「そういえばアレンって、防寒はどうしてるの？　けっこう寒くなってきたよね、最近」

「俺、あんまり寒くないんだ」

どこかで聞いたような言葉な気がする。

「もしかして、身体強化？」

確かネリーがそう言っていた。身体強化の応用で、体の表面に熱の層を作るのではなかったか。

「わからない。叔父さんは冬には寒い寒いってよく言ってたけど、寒いときは少し体に力を入れると、なんとなく暖かいんだよ。何度言ってもわかってくれなかったけど。でも、朝になると寒いときもある」

それは確実に身体強化で、しかも無意識にやっているということが怖い。いや、やはり身体強化に高い素質があるということなのだろう。

「ネリーから聞いたことがあるよ。身体強化の応用で、体の表面に熱の層を作るから寒くないって。無意識にやってるから、朝には身体強化が解けてるんじゃないかな」

「それでか。今度はちょっと意識してやってみるよ」

「それがいいと思う。あ、薬草類はまとめて生えていることが多いから、見つけた上薬草の近くを探してみて」

「うん」

アレンに指示を出しながら、少し離れたところでサラも上薬草を採る。そして、複数見つけたら半分は残す。

なんのためにローザの町にいるのかというと、それはネリーがそうしろと言ったからだ。だが、ローザの町に来てクリスを頼れと言ったほかには何も言わなかったのも事実だ。

クリスとは明らかに、お使い先で会った銀髪の人のことだろう。そして今のところ、そのクリスは町にいないし、よさそうな人ではあったが、一度会っただけでは頼れる人かどうかまだわからない。というか、薬師ギルドの人はそもそも信用できない。

けれど、ローザの町でずっと待っていたら、果たしてネリーは戻ってくるだろうか。

ネリーはサラが待っている限り、必ず戻ってこようとするはずだ。そこはまったく心配していない。

だから戻ってこないとしたら、ネリーが戻ってこられない状況にあるということになる。

サラがふと顔を上げると、町の壁のほうに魔力草が生えていた。立ち上がってそれも摘《つ》み取る。

そこでしゃがみこんだまま視線だけを動かすと、今度は街道のほうに上薬草のひとむらを見つけたので、そこに移動した。

「サラ、本当に薬草を見つけるのがうまいよな。俺、叔父さんと一緒に薬草を採ったこともあるけど、薬師ギルドに持っていったら、たいてい違う草が混じってるんだよ。もちろん、叔父さんだって薬草採取の専門家じゃないけどさ」

「そう？　割と簡単にわかるけど」

サラは首を傾《かし》げた。でも、確かに魔の山で毎日のように薬草を採っていたから、普通の人よりは鍛えられているのかもしれなかった。その時、アレンが空を見上げた。太陽の位置を見ている。

「サラ、俺はまだここにいてもいいけど、サラはそろそろギルドに行く時間じゃないのか」

「ほんとだ。アレンはどうする？」

「俺も行く。薬草を一人で見分ける自信はまだないから、残りの時間は町で雑用を探すよ」

今日からしばらくは二人で薬草を採取し、売り上げは半分にすることにした。一人で採れるようになったらそれぞれで売ればよい。

身分証を取ろうと頑張っていたときのように、ギルドに着いたらアレンは雑用を探してギルドを飛び出していく。サラは厨房に向かう。

「ちょっと逆戻りしてしまったなあ」

気の毒そうなヴィンスに、サラはにやりとしてみせた。

「今回は二人で採った薬草があって、ちゃんと薬師ギルドに売れるもの。逆戻りじゃないですよ」

「そうか。お前ら、ほんとにしぶといな」

失礼だなとは思うが、褒め言葉と取っておこう。

いつものように厨房で芋を剥いていると、お昼前にヴィンスに呼び出された。

「来た。テッドだ。ちょっと抜けてきます」

「サラ、おい」

厨房から外に出ようとしたサラを、マイズが止めた。小言ではなさそうだが、ちょっと珍しい。

「別にお前がちょっと抜けるくらいなんてことはないが、ここに来る前に、薬草をかごと受付に預けておけばいいんじゃないのか」

「あ、本当だ」

サラはそれに気がつかなかった自分にちょっとがっかりした。

「そうすればよ、テッドの顔、いちいち見なくて済むだろう」

確かにそのとおりで、そんなところまで気を使ってくれる厨房の人たちの優しさが身に染みる。

それでも依頼なので、今日のところは直接渡しに行かなければならない。

「お待たせしました。これです」

どんとテッドの前にかごを置いた。

「チッ」

安定の舌打ちである。

「テッド、お前なあ」

ヴィンスの声に苛立ちが混じる。

「一二歳にできる基本的な礼儀が、なんで大人のお前にできてねえんだよ」

「うるせえよ」

テッドはそう反発しつつも、かごをあけて丁寧に薬草を数え始めた。数え終わるのを待っている必要はないので、サラは厨房に戻ろうとした。最初から礼など期待してはいないし。

「一二歳。小さいとは思っていたけれど、君は一二歳なのか？」

よく見たらテッドの隣に誰かがいて、サラに話しかけてきた。それがあまりにも場違いなイケメンなので誰かと思ったら、昨日薬師と話をしていた騎士ではないか。

「え、はい。一二歳ですけど」

「これを返そうと思って。昨日はありがとう」

「あ、タオル」

そういえば昨日、桶は回収したがタオルは回収してなかったのだった。

「これ、私のじゃありません」

サラのは新しいタオルではあったが、普通のもので、こんなにふんわりしてはいない。

「ああ、昨日のはずいぶん汚れてしまったから。本当に助かったよ」

どうやら、わざわざ新しいタオルを用意してくれたようだ。サラは騎士の上品な服装をちらりと見て、遠慮するほうが面倒くさいと判断した。きっとお金持ちなのだろう。

「ありがとうございます」

サラはタオルを受け取ると、丁寧にお礼をして厨房に戻ろうとした。

「ああ、君」

サラは厨房のほうに顔を向けたまま、鼻の頭にしわを寄せた。ヴィンスがそれを見たらしく思わず噴き出しているが、知ったことではない。まだ何か用事があるのだろうか。

「昨日、売店で売り子をしていたみたいだけど、今は何をしているの？」

「今、ちょうど厨房でお手伝いの時間なんです」

だから忙しいんですよ、という意味を込めた笑顔は少しひきつっていたかもしれない。

「では、テッドに渡したこの薬草は？」

「それは朝採ってきたものです」

「なんということだ。君はそんなに小さいのに、朝から一日中働いているのか。親御さんはどうしたんだい」

「それは……」

日本で元気にしていますとは言えないサラはちょっと詰まってしまった。そしてそれが親のいない子の悲しさと勘違いされていることには気づかなかった。

「サラ、いいからもう行け」

「はい」

そしてヴィンスの一言に助けられた。サラは面倒くさい人から逃げ出すために急いで厨房に戻り、ほっとため息をついた。

「なんだあれ。サラの憧れの騎士様じゃねえか」

「憧れてませんよ。騎士って見たことがなかったから、ちょっと興味があっただけで」

騎士隊の人たちが来るらしいと聞いたときは正直わくわくしたのだが、顔がよくてもテッドみたいに性格が悪い人を知ってしまうと、イケメンに価値は感じなくなる。正直なところ、ネリーよりも弱く、下手をするとアレンより弱いかもしれない騎士隊にはあまり魅力を感じないのも確かだ。

「あんまり強そうじゃないし」

「ブホッ」

正直なサラに厨房の誰かが噴き出した。

「サラ、いいか、プッ」

同僚が笑いをこらえきれていない。

「ローザの町のハンターギルドには強い奴しかいないから、その、騎士が弱く見えるかもしれないが、そんなことはないんだからな」

「はあ」

「アレンを標準と思うなよ。なんで下っ端に絡まれてるのかっていうと、強さゆえの嫉妬だからな」

「そうなんですか」

「そうなんですかって、やっぱりわかってなかったか」

サラにはこの世界の強さの標準はわからない。ただ、少なくとも魔の山では高山オオカミをなんとかしなければ外には出られなかったし、ローザに来るときだってツノウサギをなんとかしなければ来られなかった。つまり、ツノウサギにやられてしまう騎士隊は、サラから見るとひよわ感が否《いな》めないのだ。

しかし、憧れよりも自分の生活である。

「まずは芋剥き！」

「お、おう。そうだな」

いつものようにしっかり暮らすしかない。

しかし、芋剥きをしながらサラは今朝の続きを考えた。

もしネリーが戻ってこられない状況にあるとしたら、ということだ。そもそもなぜローザにいないのかわからないのだが、ネリーの言っていたことを思い出すと、ヒントはあった。

「指名依頼」

ネリーはそう言っていたではないか。

「王都」

これも一度だけ聞いたことがある。普通は魔の山の小屋には春から秋からしかいない、とも。

つまり、ネリーは指名依頼を受けて王都に行った。ただ、サラに伝言を残さなかったというのが一番可能性のある考え方だ。

では、なぜ伝言を残さなかったのか。

サラを大事にしてくれていたネリーが伝言を忘れるはずがないし、意図的に伝言しなかったということもありえない。ということは、伝言も残せない状況で王都に行ったということになる。

本来、指名依頼はハンターギルドを通すものだという。だとしたら、なぜローザの町のハンターギルドに聞いても、ネリーのことを知らないのか。薬草を卸していたはずの薬師ギルドもネリーのことを知らなかった。

謎は深まるのである。

考えたくはなかったが、もしネリーが何かトラブルに巻き込まれていたとしたら。

サラは芋を剥く手を止めた。

仮に巻き込まれていたとしたら、ネリーより弱いサラにできることは何もない。

だから、サラのやることは決まっている。

ネリーが指名依頼を受けたものとして、春になって帰ってくるまでローザの町で待つ。

もし、春になっても帰ってこないようだったら、ネリーを捜しに王都に行く。旅にどのくらいお金がかかるかわからないし、王都というくらいだからローザより物価が高いかもしれない。いや、ローザのほうが高いんだっけ？　まあいいやとサラは思い直した。

とにかく、冬の間にしっかり稼いで、それからネリーを捜す。捜すついでに、この世界のおいしいものを食べて歩くのもいいだろう。

「サラ」

とりあえずローザに出ている屋台の食べ物は全部制覇して。

「サラ」

「はいい？」

サラは慌てて芋を剥く手を止めた。

「もう売店に行く時間だろ？　今日はずいぶん集中して芋を剥いていたなあ」

「ハハハ。ちょっと考え事をしていたから」

サラは慌てて手を洗うと、今日の賃金三〇〇〇ギルを握りしめて売店に向かった。見たところ売店には客はいないようだとほっとする。客がいてもサラがいないときは受付の誰かがやってくれるので、特に急ぐ必要はないのだけれど。同じギルドの中なのだが、行ったり来たりとなかなか忙しい。

売店に着いて、カウンターに回り込もうとした瞬間のことだ。

「君」

サラは思わず目をぐるりと回した。さっき、テッドと一緒に来ていた騎士だ。まだ帰っていなかったのだろうか。

「ええと、こんにちは。ポーションですか？　お弁当もありますよ」

くるりと振り返り営業スマイルを向けたが、なぜか騎士の目はサラの右手を見ている。

「それは？」

「え、これ、厨房で働いたお給料です」

「朝から働いてたったの三〇〇〇ギルなのか」

たったの三〇〇〇ギルという言い方にちょっとムッとするが、きっと物価を知らないに違いない騎士にサラは丁寧に教えてあげた。

「朝からではなく、ほんの三～四時間だし、お昼ご飯付きだし、三〇〇〇ギルあったら、夕ご飯だって食堂で食べられるんですよ」

食堂で食べなければ、朝晩合わせても四日分くらいのご飯が食べられるのだと、サラは鼻息も荒く教えてあげた。そして穴のあいた銀貨三枚は収納ポーチに大事にしまった。

「で、何かご用でしょうか」

「いや、用はないんだが」

サラは用はないのかと突っ込んだが、あくまで心の中にとどめておいたくらいには常識人であった。そのまま沈黙が続いたので、サラは昨日のアレンのように意味もなくポーションの並び替えをしたり、カウンターを拭いたりした。

「弁当三つ。温め付きで」

だから、やっと客が来たときは満面の笑顔だった。

「はい！　四五〇〇ギルと、温め代三〇〇です」

「温め代」

横で騎士が何かつぶやいているが、気にしない気にしない。気にしないが、なぜ用もないのにそこにいるのだろう。サラは受付のヴィンスに目で助けを求めた。しかし首を横に振られた。自分でなんとかしろということだろう。なんとかできないから助けを求めているのに。サラのイライラが限界に達しそうになったとき、アレンが飛び込んできた。

「サラ！　今日の雑用終わり！　売店手伝うよ！」

「アレン！」

今日ほどアレンの登場が嬉しかったことはないような気がする。二人いると騎士の視線も気にならず、魔力の強いアレンは客のハンターに時には嫌がられながらも楽しく手伝いをしてくれた。

それでもやっとモッズが来てくれたときにはサラは泣きそうなほどほっとした。特に冷たい視線ではないが、じーっと見られているのはとても緊張したのだ。

「今日の夕飯は何にする？」

「今日はね、違う屋台のものを食べたい」

二人がギルドを出ようとしたその時、後ろから声がかかった。

「君たち」

君から君たちに進化したよ、とサラはまた鼻の頭にしわを寄せたが、それを見たアレンがサラの代わりに答えてくれた。

「俺たちのことですか」

「ああ、そうだ。君たち、これからどこに行くんだい」

どこに行くも何も、帰るのだが。

「ええと、これから夕ご飯を買って帰るんだけど」

「私も付いていっていいか」

意外な言葉に、サラとアレンは思わず顔を見合わせた。

イケメンでなんだか貴族っぽい騎士様は厄介ごとの匂いしかしなくて、サラはなるべく見ないようにしていたのだが、目を向けてしまいやっぱり後悔した。

テッドより短く整えた髪はテッドより濃い金髪で、テッドよりもいっそう鮮やかな青い瞳は、さぞかし年頃の女性に人気があることだろうと思う。騎士らしく大柄だが、たくましいというよりはしなやかな感じがする。そして着ている服は落ち着いたものだが体に合っていていかにも仕立てがいいという感じだ。

サラは自分のぶかぶかの服を見下ろして、ちょっとため息をついた。

そんなお金持ちそうな、身分の高そうな人がサラとアレンに何の用なんだろう。サラとアレンの警戒する気持ちが伝わったのだろう。その人は慌ててヴィンスにとりなしを求めた。

「ヴィンス、私はこの町の子どもたちの生活を知りたいだけなんだ。私が怪しいものではないと言ってやってくれないか」

「あー、面倒くせえ」

ヴィンスは本当に面倒くさそうに頭をかくと、カウンターから立ちもせずサラのほうを見た。

「こいつ、王都の貴族のボンボンだから。身元ははっきりしてるし、優秀な騎士様だ。だがな」

ヴィンスは今度は騎士のほうを見た。

「だからといって、いきなり見知らぬ人を連れていくかどうかは別なんだよ、リアム。こいつらに保護者がいねえのは知ってるだろ」

「だから気になるんじゃないか。なあ」

リアムと呼ばれた騎士は、サラとアレンを交互に見た。

「私はリアム。リアム・ヒルズ。騎士隊の近衛の小隊長を務めてる。単純に、君たちがどんな暮らしをしてるか興味があるだけなんだ。連れていってくれないか」

ヴィンスが面倒くさいからそいつを連れていけという顔をしているが、サラはちょっと嫌だ。が、アレンはそうでもなかったようだ。

「別にいいけど。なあ、サラ」

「え、いやだ」

すかさずサラは答えた。いくら信用できる人だからって、知らない人と一緒にいたくはない。しばらく沈黙が落ちた。

「今日の夕食と、何かお土産を買う」

リアムがそう言った。

「それなら、まあ」

「いいのかよ！」

アレンに突っ込まれたが、たぶんサラが反対しても、結局は大人には負けて連れていくことになるのだ。それならば程よいところで手を打つのがいい。

「ふっ」

口元を押さえて思わず笑いをこぼしたリアムはやっぱりイケメンで、サラはなんとなくイラッとした。別にイケメンは嫌いではないはずなのだが。

「じゃあ、来いよ」

「ああ。よろしく。君は、ええと」

「アレンだ。ハンターになったばかりなんだ」

アレンはちょっと自慢そうに言った。

「それで、君は」

「サラです」

サラはそれだけ言うと、アレンと一緒に歩き始めた。

「これから中央門から外に行って、屋台で夕飯を買おうと思ってたんだ」

「そうか、いつも夕食はそこで？」

「そう。こないだ初めて二人で食堂に行ったんだよ」

　アレンが同意を求めたので、サラは頷いた。あのツノウサギの煮込みは作ってみたいものだと思い出しながら。

「よう、アレン、サラ。そっちの奴は？　ああ騎士の方ですね、失礼しました」

　中央門の兵はサラのこともやっと覚えてくれたのだが、今のやり取りでアレンと同じように守ろうとしてくれたのがわかって、ちょっと嬉しくなった。

「こっちだよ」

　アレンが行くほうには、いつもの屋台街があった。

「へえ、こんな景色は町中にはなかったなあ」

　とリアムが感心する景色は、ローザの町のギルドのある第三層には普通に存在する。つまり、リアムは町の第二層か第一層にしか行っていないということだ。サラやアレンを見学している暇があるのならそういうところに行ってみればいいのにとサラは思う。

「リアムが買ってくれるなら、俺、串焼きが食べたい」

　アレンも遠慮がない。サラは向こう側のスープの屋台を指さした。

「私はあのスープがいい」

「サラ、遠慮がないな」

　あきれるアレンのほうがずっと遠慮がないと思う。

　ツノウサギの串焼きを買って、いつものパンを買って、具だくさんのスープを買っていつもの場所に向かう。スープはギルドの弁当箱に入っているような陶器の大きなカップで売られていた。カップを持参すると少し安くなるらしい。

「カップってもっと高いイメージだったんだけど、意外と安いのかなあ」

「何言ってんだサラ。カップは町の壁と同じで、土魔法を使える職人ならあっという間に作れるから安いんだぞ。使い捨てにする人もいるくらいだからな」

「土魔法。なるほど」

サラは結界の魔法の他にも、スライムを倒すのに火魔法は使うし、水や氷、それから高いところのものを落とすのに風の魔法も使う。それからたまに雷撃。でも、土魔法は使いどころがわからなくてあまり積極的に使ったことはなかったのだ。

「今度作るところを見てみたいなあ。そういう仕事もありだよね」

「サラは魔法が得意なのか」

気安げに名前を呼ばれるとなんとなくイラッとするサラである。

「得意というか、魔法は使えます」

「魔法が使えるのに、薬草を採ったり厨房で芋を剥いてたりするのか。もったいない」

そう言われても、魔法が使えるとどう役立つのか知らないものはどうしようもない。

「じゃあ逆に、魔法が使えるとどんな仕事ができるんですか？　ハンターを除いて」

サラは聞いてみた。教えてもらえるなら教えてほしい。

「ハンターを除くと、すぐ働ける仕事はちょっと難しいな。王都なら宮廷専属の魔法師になることもできるから、サラの年なら衣食住付きの見習いから始められる。あとはアレンの言うとおり、土魔法や火魔法を使って職人になることもできる。いろいろな魔法を少しずつ使えれば、メイドや執事として貴族の屋敷でけっこうな給料を稼ぐことができるよ」

結局はどの仕事も下積みから始めるのは同じである。だったら、今の仕事でも別に構わないと思うサラだった。それに、ネリーと再会するまでの間だ。

「どれも雇われ仕事だし、一日中勉強したり働いたりするのは同じじゃないですか」

「そうかな。少なくとも給料は安定してるし、将来性がある。それに王都ならローザより安く暮らせるよ。ここは北の果てだし、ちょっと物価は高いよね」

王都のほうが安く暮らせそうだという情報は助かった。見ず知らずの子どもの将来まで心配してくれているのなら、やっぱりいい人なのかもしれないとサラはリアムをちょっと見直した。

「サラ、今日はどこにする？」

「ええと」

テントを張るまでの予定がずれれば、場所もいつものところというわけにはいかなくなる。サラはちらりとリアムのほうを見た。どうせ帰るだろうから、気にしなくてもいいだろうか。

「明日薬草を採ることも考えると、できれば昨日より奥の場所のほうがいいなって思って。それにもう場所も埋まっていると思うし」

「そうだな。ダンジョンに行くなら中央門に近いほうがいいけど、明日もまだ無理そうだもんな」

アレンはサラに同意すると、リアムにさわやかに笑いかけた。

「じゃあな、リアム。夕飯、買ってくれてありがとな」

「ちょっと待ってくれ、君たち」

あわよくばこのまま帰ってくれないかと思ったが、簡単にごまかされてはくれなかった。

「どんなところに泊まっているのか連れていってくれないか」

アレンにどうするという目で見られたが、サラは仕方ないでしょと肩をすくめた。おそらく最初からそのつもりだったのだろう。

「けっこう歩くぜ」

「かまわない」

昼に来たテッドの相変わらずの態度について話したら、テッドとリアムが知り合いだとわかって驚いたり、アレンの今日の雑用の様子を聞いたりしているうちに、いつもより少し奥のほう、サラとアレンが最初に来たあたりに着いた。

「よし、先にテントを張ろうぜ」

「うん」

リアムを気にしていても仕方がないので、いつものとおりにテントを張り、その後で食事のために明かりを灯《とも》して座り込んだ。

「リアムも夕ご飯買ってただろ。一緒に食べないのか」

「いや、いただこうか」

「カップがあるなら出してください。お茶をいれるから」

普段面倒なときはやらないのだが、三人もいるなら携帯コンロの出番だろう。サラはいそいそとコンロと小さい鍋とお茶を出した。実はネリーに揃えてもらったこのセットを使うのは大好きなのだ。

　コンロの火と、小さい明かりのもとで、串焼きをかじっている間にお湯が沸いた。サラは茶葉を直接鍋に入れ、葉が沈むのを待ってカップにつぎ分ける。

「お砂糖はいりますか」

「いる！」

「あ、ああ。では少し」

　サラはいらないので二人分のカップに砂糖を入れ、手渡す。

「私たちも野営の時はお砂糖をたっぷり入れたお茶を飲むんだが、まさか君たちもそうだとは思わなかったよ。案外、いい暮らしをしているんだね」

　お茶はネリーに買ってきてもらったものなので、サラは相場は知らなかった。

「家で飲んでいたものなので」

「そうか。これは王都の南のシャンデリー地方の名産のお茶なんだよ。茶葉が大きくて香りが高いからすぐわかる」

　サラもアレンも自分のカップを改めて見てみたが、いつも飲んでいるお茶というだけのことだった。ネリーもお茶にこだわりがあるようではなかったから。いつも同じものを使っていたのだろう。

つまり、とサラは思う。ネリーも実はお嬢様なのかもしれない。

　ちょっと押しつけがましいところもあるけれど、リアムはいろいろなことを知っていて話し上手だった。サラの好感度は少し上がった。

「ツノウサギは串焼きもおいしいね」

「オークよりちょっと柔らかいんだよな。そうか、ダンジョンに入れなくても草原で狩りをするという手もあるな」

ふと思いついたアレンに、リアムが驚いたように眉を上げた。

「アレンはその年でツノウサギを狩れるのか。それならハンターとしてもかなり優秀だな」

「いや、まだまだ下っ端なんだ」

リアムの褒め言葉に照れているアレンがおかしいが、アレンの言うことをちゃんと受け止めて褒めてくれる大人ということで、サラの中でリアムの評価はなかなかいい奴くらいに上がった。

アレンの言うとおり、確かにこの間ポーションを届けに行ったとき、行き帰りでツノウサギが何羽も狩れた。あの時は急いでいたから、勝手にぶつかってきたものやアレンのこぶしが当たったものを拾ってきただけだが、真剣に狩ろうと思えばアレンならけっこうな数を狩れるのではないか。

「でも、ダンジョンにはけっこう人がいるんでしょ。草原ではアレン一人だから、何かあったときに困っちゃうよ。アレンだって、後ろをずっと警戒しているわけにはいかないでしょ」

「確かにそうなんだよな。町の結界を背にすることもできるけど、さすがに町の近くにはツノウサギは少ないだろうから効率が悪いしな。やっぱりしばらくはお使いに走り回るよ。あーあ」

現実を再確認してちょっとがっかりしているアレンからカップを受けとり、水を出してくるくると洗う。そのままリアムからもカップを受け取り、くるくる洗って返した。自分のカップと鍋も洗って、携帯コンロも手早くしまう。

「サラ、これ」

「はい？　きれいになってませんか？」

リアムが差しだしたカップは、特に汚れてはいない。

「洗ってたのに、水滴がないなと思って」

「ああ、乾かしたから」

「乾かした？　どうやって？」

「ええと、風で？」

疑問形なのはサラにもよくわかっていないからだ。もともとはドライヤーをイメージして熱風で乾かしていたのだが、手が荒れてしまうのでやり方を変えた。つまり、自然に乾く過程を早回しするイメージなのだが、それをどう説明していいのか今一つ自信がない。

それもそうだし、ちょっといい奴に格上げされたとはいえ、リアムはいったいいつまでいる気なのだろうというのも気になる。サラは体をきれいにしてしまいたいのだ。

「なあ、リアム。そろそろ帰れよ。俺たち眠いし」

サラのように気に病まずに言いたいことは言う、それがアレンである。

「いや、私もここで休むよ。心配だからね」

「俺たち半月以上ここでこうしてるんだぜ。俺だけだったらもっとだ。いまさら心配する大人なんていらないよ。帰れ」

アレンのすごいところは、帰れと言ってもきつくなく、たんたんと要求しているだけというところだ。しかしそのせいか、リアムは言うことを聞かず、収納ポーチからマットを出して街道側に敷き、毛布も用意した。

「北ダンジョンに行く途中も野営だったからね。いちおういろいろ持ってはいるんだよ。今晩は騎士隊の私がいるから、安心して眠るといい」

親切なのはわかるのだが、まったく意思疎通できないところが面倒くさい。知らない人がいるから安心できないというのに。

「サラ、俺が外に立ってるから」

「うん、お願い」

リアムが何かするとはかけらも思わなくても、知らない人がいるのに身支度をするのは不愉快なものだ。アレンもそれをわかってくれて、言ってくれたのだろう。リアムは、家もないのに体を洗うのかと思ったようでなにか言いたそうだったが、気にせず交代で身支度をし、ため息をつきながら休んだ。

夜、ふと何かの音がしたような気がして目が覚めると、外から身じろぐような気配がする。サラがテントからそっと顔をのぞかせると、毛布をかぶっていても寒そうなリアムがいた。きっと、アレンと同じで夜中に身体強化が切れたに違いない。

どうしてこんな手間をかけてまで、見知らぬ子どもに親切にするのかサラにはわからなかったが、少なくとも今リアムが寒い思いをしているのは、サラたちのことを守ろうとしてくれているからなのは理解している。

　サラは自分では朝までバリアを張れるので、実は毛布は必要ない。大きなお世話とはいえ、サラとアレンに優しくしてくれる人が寒い思いをしているのはかわいそうだ。サラは自分の毛布をふんわりと温めて、そっとリアムにかけてやった。


　翌朝、人がいて緊張したのか少し寝坊したサラとアレンは、サラの手持ちのサンドをリアムにも分けて急いで食べ、一生懸命薬草を採った。上薬草をメインに、一人当たりだいたい一万ギルになるように採取する。リアムは二人の横でのんびり薬草でない草を採って投げ捨てたりしている。

　大人は気楽でいい。

　実はせっかくだからリアムにも手伝ってもらおうとしたのだが、いくら説明しても薬草と他の雑草の区別がつかないので、サラはそうそうに諦めた。騎士は騎士の仕事ができればそれでよいのだから、薬草が採れなくても仕方がない。

　そんな役に立たないリアムを引き連れて、サラとアレンはいつものようにギルドにやってきた。

「貴重な経験だった。あ、これ。ありがとう」

　リアムは優しい顔で微笑《ほほえ》むと、お礼と共に収納ポーチから毛布を出して返してくれた。さすがに毛布を買い直すのは安くはないので、サラもほっとして笑顔で受け取った。さすがに半日行動を共にしたら、少しは親しい気持ちも湧いてくる。

「俺、雑用探してくるよ。ほら、リアム、ほんとにもう帰れよ」

アレンもそうなのだろう。まるで近所の親しい人であるかのようにリアムに声をかけて出ていった。そしてサラはヴィンスに薬草のかごを預けて厨房に入った。なんだか忙《せわ》しない一日であったが、これで日常に戻るだろうとサラはやっと気が休まる思いだった。

しかし、その日の夕方のことである。アレンはいつもより帰りが少し遅くて、モッズと交代する頃にやっとギルドに飛び込んできた。その時間帯にはダンジョンから帰ってくるハンターもだいぶ数が増えている。

「サラ！　夕食分は稼いでこれた！」

別にいちいちそんなことを口にしなくてもいいと思うが、なんとなく言いたいのだろう。サラは苦笑いして、よかったねと頷いた。

「チッ、お気楽だよな」

こんな時間にテッドかと一瞬警戒したサラだったが、舌打ちしたのはまだ若いハンターとその仲間たち数人だった。一〇代後半だろうか。あまり若いハンターは見かけたことがないのでまずそれに驚いた。サラがギルドにいる時間とは今まで重ならなかったようだ。着ているものも少し薄汚れた感じで、ちょっと荒《すさ》んだ感じが怖い。

アレンはすっと表情を消して、自分とは関係ないという顔をした。

もしかして、この人たちがいわゆる下っ端で、アレンの邪魔をしているというハンターたちだろうか。邪魔をしているという卑怯《ひきょう》さに、話を聞いたときは怒りを覚えたが、こうして見ると自分たちより少し年上で、自分たちと同じように生きるのに一生懸命なだけのような気がする。

サラも何も言わず、二人でいつものようにギルドを出ようとした。

「あーあ、同じ下っ端でも女は気楽でいいなあ」

しかし、矛先はサラにも向かってきた。隣でアレンがギュッと手を握り込んだので、とんと肩をぶつけた。自分は大丈夫だから早く行こうという合図だ。しかし、思いもかけない伏兵がいた。

「え、女？」

この失礼な声はヴィンスである。サラは自分を眺めてみた。

ぶかぶかの服を着ていようと、まだ出るところは出ていなくても、長めの髪、サイズは大きくても赤い服、どこをどう見ても少女だと思うが。というか、道具店の店主も、オオルリ亭のエマもちゃんと女の子として扱ってくれているではないか。

「そこかよ！　まさか知らなかったとでもいうのかよ」

なぜか意地悪なことを言っていたハンターが突っ込みを入れてくれた。ヴィンスがあたふたと返事をしている。

「し、知らなかったというか、どうでもよかったというか」

どうでもよかったなら黙っていればいいのに。

サラはつかつかと受付のところに行くと、ヴィンスをじろりと睨《にら》み、そしてサラのことを女は気楽でいいと言った人たちの前に立った。

「な、なんだよ」

「厨房のお給料三〇〇〇ギル。ギルドの店番一〇〇〇ギル。その他に、朝早く起きて薬草を採って暮らしてるの。同じ生活がしたいんだったら、厨房に雇ってもらえるように頼んでみるし、薬草を採るやり方だって教えてあげるよ」

気楽でいいと思うのなら、同じ生活をしてみればいいのだ。

「お前、そんなはした金で働いてんのか。それじゃ食事はできても宿には泊まれないだろう」

はした金でも、ゼロよりはいい。受付の向こうで気まずい顔をしているヴィンスのことは知ったことではない。

「少なくとも、それでご飯は食べられるもの」

「でも」

「よせ」

仲間の一人が、そのハンターの若者を止めた。

「こいつ、アレンと一緒に町の外住みしてる奴だろ。女だとは思わなかったが、ハンターじゃない奴に絡んでもしょうがないだろ」

絡んだというか、最後に心配されたというか、いずれにしろ関わらないに越したことはない。

サラはふんっと顔を背けると、胸を張ってアレンのところに戻った。誰がなんと言おうと、自立してちゃんと生活しているからには文句は言わせない。

「絡んでくるのは、あいつらともう数組くらいなんだけどさ。あいつらはまだましなんだ。ダンジョンの外で直接嫌味を言ってくるだけだからな。困るのは、人に攻撃できないのをいいことに、ダンジョンの中で狩りの邪魔をしてくる奴らなんだ」

帰りの道で、アレンが話してくれた。直接嫌味を言うのもどうかとは思うサラだった。

「他にもあまり強くないハンターはいて。そいつらは朝から晩までダンジョンに潜ってる。で、あんまり稼げてないから、皆ちょっと荒んだ感じでさ」

だから夜遅くに町を出歩いちゃだめだぞと、アレンに念を押された。そもそもだいたいアレンと一緒にいるし、そんな時間に出歩いたりはしない。

「それなら、その人たちは無理にローザにいないで、その、王都とかの別のダンジョンに行ったほうがいいんじゃないの？」

「そうなんだけど。強い魔物を倒すと報酬もデカいだろ。強くなるためにまず弱いダンジョンで弱い魔物を倒すことは大事で、俺はもう少し小さい頃から叔父さんとダンジョンの外で地道に修練を積んできたんだけど、やっぱりなかなか金にならないんだよ。スライム一つ一〇〇〇ギルっていったって、遠距離であいつらを倒せる魔法師なんてそう多くないし、身体強化を覚えてもスライムは素早いからなかなか倒せないしね」

「そ、そうなの」

身分証をもらうとき、どちらかというと魔法師なので、スライムはシュッと倒せますとか大きいこと言ってしまったような気がするサラは内心焦った。

「戻りたくても、戻ってやり直したらローザで失敗した奴らって言われちゃうしさ。成功したくてわざわざローザに来た奴は、そんなのに耐えられないんだろ」

「プライドかあ。面倒くさいね」

「俺、魔力強いし、よく絡まれるから、そういうの慣れてるんだ」

生きていくので精一杯だしなと笑うアレンをまた見直すサラだった。

次の日、ギルドに出勤するとき、思わず入り口で左右をうかがってしまったのは仕方がないだろう。やっぱり絡まれるのはちょっと怖いのだ。

「あいつらアレで真面目だから、とっくにダンジョンに入っちまってるよ。心配すんな」

「でも私、女の子だから、怖くて」

「嘘《うそ》だろう」

あきれたような声にちょっとムッとした顔をしたサラに、ヴィンスは慌てて両手を突き出した。

「いや、女の子だからどうとかじゃなくてさ、だいたいお前らの年の子どもは、男とか女じゃなくそういう生き物だろ。アレンとかサラとかっていう」

失礼の上塗りを重ねるヴィンスに、ギルドの面々も失笑するしかない。でも、確かに女の子扱いされないのは案外居心地がいい。逆に、女の子だから、魔法が使えるからこうすべきだと言われるのはちょっとカチンとくる。昨日のリアムを思い出してサラはちょっと腕をこすった。悪い人ではないのだが、こうあるべきだとか、気の毒だとかいう感じが押しつけがましくてなんとなく嫌だったのだ。

「それに怖いって言うけど、あいつらスライムとか苦手だぞ。アレンほどじゃあねえがけっこう魔力もあるのになあ。ちょっと魔力量が多かったから、あんまり修行もしないうちに調子に乗って口ーザに来ちまったらしくてな」

「まあ、だいたいのハンターがスライムは苦手よねえ」

ヴィンスの言葉にミーナも頷いている。サラは首を傾げた。確かにアレンもそんなことを言っていた気がするが、でもネリーはそうは言っていなかった気がする。

「だってネリーは、スライムは初級の魔法で倒せるって。駆け出しの魔法師はよく倒してるって言ってました」

「あのな、サラ」

ヴィンスは朝なのに疲れたような顔をしている。

「お前、知り合いに魔法師いるか？」

サラは周りを思い出して首を横に振った。ネリーもアレンもギルド長も、サラの知っている強い人は身体強化特化ばかりだ。

「俺は魔法師だけどな。普通のハンターは、身体強化と魔法と両方駆使して魔物を狩ってる。逆に言うと、身体強化特化も、魔法特化も珍しいんだよ」

サラはぽかんと口を開けた。ヴィンスが魔法師だったこと、魔法特化が珍しいこと、どちらにも驚いたのだ。

「だから、『どちらかというと魔法師です』ってはっきり言える奴は、つまり自分が強いという自信があって、それを隠すつもりがないってことだ」

「ええ……。ネリー、最初に言っといてよ……」

サラはめちゃくちゃ恥ずかしい気持ちになった。

「だからサラ、お前は女の子かもしれないけど、俺にしてみたら、男とか女とかじゃなく、ちょっと自信のあるハンターの卵みたいなもんだってこと」

「苦しい言い訳ね」

ミーナに一刀両断されたヴィンスに他の受付から笑いがあがった。ハンターになろうとは思わなくても今はハンターの卵扱いが気楽でいいと思うサラは、それ以上ヴィンスを追及するつもりはない。言い逃れできてほっとした顔のヴィンスに薬草のかごを預けて、いつもの一日が始まった。


そんな数日を過ごし、またいつものようにテッドがやってきて薬草を引き取り、食堂の仕事を終えて、サラは店番をしていた。アレンは相変わらずダンジョンに入ってはいないが、薬草の定期収入があって食べる心配がないせいか、楽しそうに雑用をこなしている。

ギルドの売店にもいつの間にかポーション類が充実し、サラには上薬草だけでなく、毒草や魔力草も見つけてくれないかという要求がきているくらい毎日がうまく回っていると思う。

サラが並んだポーション類を満足げに眺めていると、ギルドのドアがバタンと開いて、疲れ果てた様子のハンターが何人か入ってきた。いや、ハンターではなく、騎士隊の装備の人がいる。この状況は何日か前に見覚えがあるが、メンバーが違う。

「あれはギルド長に、クリスとかいう人。騎士服の人が一人に、知らないハンター」

ということは、先に怪我をした騎士隊を帰らせて少人数で北ダンジョンに行ったとかいう一行が帰ってきたのだろう。

　ヴィンスが受付からガタンと立ち上がった。常になく真剣な顔をしている。

「ギルド長！　例の少女は！」

　ギルド長は力なく首を横に振った。いつもなら少し能天気で元気そうな表情が暗く沈んでいる。

　クリスという人も表情を消して立っているが、身なりなどどうでもいいと言わんばかりに、後ろできれいにまとめていたはずの髪がほつれて疲れた様子だ。

「そうか……。まあ、とりあえず奥で休んでくれ」

「そこ、そもそも俺の部屋だから」

　ヴィンスが声をかけると、力なくギルド長が言葉を返す。しかし、それがいつものやり取りらしく、言葉自体が弱々しくても、ギルド内にはほっとした空気が流れた。

　サラは後ろを振り返り、改めて売店のポーションの棚を確認した。

　怪我をしている様子はないが、もしあの人たちが使うにしても十分だろう。

　何があったのか野次馬的興味はあるが、クリスという人がその中にいて、薬師ギルドの存在がうかがえる、それだけで関わらないほうがいいという気がしてしまう。

　知らせがあったのか、このところ見かけなかったリアムも飛び込んできて、揃ってギルドの裏に向かう様子をサラは静かに見送った。

　そして時間になるとモッズおじさんと交代して、さっさとギルドを退出したのだった。

少女の行方

「はい、おまちどおさま」

注文を受けたわけではないが、食事が必要だろうと判断したマイズが、給仕と一緒にギルド長室に温かい食事と飲み物を届けに行くと、そこはお通夜のように静まり返っていた。

椅子にそっくり返って天井を見上げているギルド長。応接セットのソファに崩れ落ちるように座り込んでいる騎士隊の隊長とクリス、そしてハンターたち。それを心配そうにうかがっているヴィンスとリアムという騎士の若者。

確かサラの憧れの、いや、サラにうっとうしがられている騎士様だなとマイズはかすかに首を横に振った。確かに、しぶとく生き延びているサラから見たら、お坊ちゃまだろうなと思いながら。

北ダンジョンに少女を迎えに行ったはずのこの面々がこれほど落ちこんでいるということは、まあそういうことなのだろうとマイズは先に結論を出していた。

取り残されていたのが、世知辛い中で必死に食らいついて生きているサラやアレンと同世代の少女らしいという情報は聞いている。それを思うとかわいそうな気はしたが、ハンターを引退して料理人をやっているマイズといえど、身の回りの人の幸せを見守ることで精一杯だ。

同情も対策も、係の者に任せるしかない。しかし、ヴィンスの言葉に、飲み物を並べていた手が思わず止まった。

「だが、話を聞く限りでは、そのネフェルタリの拾い子が魔物にやられたという明確な証拠はないわけだろ」

ヴィンスの言葉からは、少女が行方不明だということしか伝わってこない。どういうことだ。

「現に姿がない。ドアに鍵もかかっておらず、収納袋には何ヶ月分も食料が残されていた」

答えるクリスの言葉には力がない。ローザでネフェルタリと唯一親しくしていたと言ってもいいのがクリスである。ネフェルタリは誰かと関わろうという気がなかったし、魔力の圧が高いため基本的には遠巻きにされていたからだ。

「食べ物が残されて、扉に鍵がかかっていなかったということは、ちょっと出かけて帰ってくるつもりだったということだろう。部屋はきれいに整えられていて、ネフ以外に人がいたということはそれで確かだとわかる。しかし、家具やテーブルはうっすらとほこりをかぶっているうえ部屋は冷え切っていた」

人がいたとしても何日も前だろうというのだ。どうやらネフェルタリが片付けが嫌いらしいということまで知っているクリスにちょっと引きながらも、マイズは次にテーブルに食事を並べ始めた。

「しかも山小屋の周りには高山オオカミが絶え間なくうろついていて、我らがいても小屋から遠くには逃げようともしない。それこそ、北ダンジョンの低層部から逃げ帰った騎士程度では小屋から一歩も出られないだろうな」

珍しく苛立《いらだ》ちをあらわにしたクリスの言葉に、ヴィンスが片方の眉をあげて驚いた様子を示したが、騎士たちのほうは怒りの色を顔に浮かべた。

「逃げ帰ったのではない。クリス、あなたたちが帰らせたのではないか」

マイズもあの時、騎士からそのように聞いていた。

「帰さねばポーションが足りなくなるどころか、足手まといで小屋にもたどり着けなかっただろう。我らは大丈夫でも、騎士隊はローザには戻れなかっただろうな」

「ポーションさえ十分にあれば行けたはずだ」

「では王都の出し渋っている薬草を今すぐローザに送らせろ」

クリスと騎士隊の隊長が睨《にら》み合っているが、隊長の腰が引けているのが伝わってきた。実力がどうということではない。クリスの魔力のせいだ。

マイズはため息をついた。

この場にいる面々は、マイズも含めて全員魔力量が多い。ただし、ある程度鍛えれば、自分から発する魔力量を多少は調整することができる。特にクリスはそれがうまく、普段はほとんど魔力量の多さに気づかれないほどだ。

そしてその細かい魔力の調整が、質の高いポーションの作成には必要らしいのだが、マイズは料理人なので詳しくは知らない。

魔力量が多くて能力が高いのに近寄りやすい、だからクリスは慕われてもいるのだが、今は疲れのせいか怒りのせいか魔力が全開で、このメンバーの中では比較的魔力量の少ない隊長はかなり圧に押されているようだ。

意外なことに、先に戻ってきていた若い騎士はあまり圧を感じていないようだ。

「クリス、抑えろよ」

自分の椅子で天を仰いでいたギルド長がいつの間にか正面を向いていた。

クリスがはっとして圧を抑えたのがわかった。途端に部屋の空気が楽になる。

騎士隊の隊長がほっと息をつき、クリスはそっぽを向いている。そんなふうに感情をあらわにしているところはほとんど見たことがないので、マイズは内心驚いていた。

「まあ、ネフェルタリの帰りを待って外に出たところ、うっかり結界の外に踏み出しちまったってところだろうなあ」

その先は高山オオカミが知っているということだろう。

「ネフになんと言ったらいいのか……」

クリスは両手で顔を覆った。

しかしギルド長は何かを払いのけるように片手を振った。

「そこまでは俺たちの責任じゃねえよ」

冷たいようだが、確かにそのとおりではある。

「クリスはそもそもネフェルタリの体調が心配で、善意で王都に付き添っただけだろう。しかも北ダンジョンに付き添っていったのも純粋な善意からだ。俺たちは正直騎士隊の実力が不安で、これも善意で北ダンジョンまで付き合っただけ。報告は、そこの騎士隊の隊長さんがするべきこと。ネフェルタリへの説明は、王都側がするべきこと。それだけだ」

隊長の顔が引きつったが、ギルド長の言ったことは正しい。実際、クリスやギルド長、そして実

力のあるハンターが付いていかなければ騎士隊は途中で全滅していた可能性さえあるのだ。

「それより、なんで街道に結界が効いてねえんだ。それにあのツノウサギの多さ、さすがに俺たちでもてこずったぞ」

まだ問題はありそうだが、マイズは給仕と顔を見合わせて頷《うなず》くと、静かにギルド長の部屋から退出した。

「かわいそうなこったな」

「サラとおんなじくらいの少女ですかねえ。聞きたくなかったな」

料理を運んだだけなのに、気の重い話を聞いてしまった厨房《ちゅうぼう》の二人だった。

「まあ、ツノウサギがそんなにいるんだったら食堂でも出したいんですけどねえ」

「オークばっかりじゃやりがいもねえし。どっちにしろ俺たちは仕事をするだけだがな。さ、夕飯までもうひと頑張りだ！」

不幸な話はそこら中に転がっている。ただし、サラには聞かせたくないと思いながら、マイズは厨房に戻った。


次の日、サラがギルドにやってくると、騎士隊は王都に出発する準備をしているところだった。

正確に言うと、準備はほぼ終わって何かを待っているところのようだ。迷惑そうなヴィンスを尻目《しりめ》に、ギルドの食堂で騎士たちがくつろいでいた。

つい数日前に、怪我《けが》が治りきらずよろよろと入ってきた騎士たちもすっかり元気になっているようだ。サラはほっとして食堂に向かった。アレンもサラを見送ると、そのままギルドから雑用に飛び出そうとした。

「サラ、アレン」

聞き覚えのある声は、数日前に一緒に過ごした騎士のものだった。

「リアム」

返事をしたのはアレンだ。サラは振り向いて首を傾《かし》げた。そういえばお別れの挨拶をするべきだっただろうか。夕ご飯をおごってもらったのだし。

「君たちが来るのを待っていたんだ。少し話があるんだが」

サラはヴィンスにかごを預けると、マイズに断ってリアムのそばに行った。すでにアレンが少しイライラした顔で待っている。早く仕事に行きたいのだろう。

「そこに」

しかも食堂の椅子に座れと言うのだ。

騎士隊の人たちも早く出発したくてイライラしているのではないかとサラはちらりと目をやったが、なんだかおもしろそうな顔をしてこっちを見ているし、中にはサラが親切にしたのを覚えていたのか、にこりと笑いかける人もいた。

「任務が終わって、私たちは今から王都に戻るんだが」

「お疲れさまでした。道中お気をつけて」

サラは軽く頭を下げて挨拶した。騎士隊の仕事が結局どうなったのか、誰もサラには詳しい話は教えてくれないのだが、何やら今一つな結果に終わったらしい。それでも特に騎士隊の責任ではないらしいので、王都に戻れる騎士隊の顔は明るいものだった。

「じゃあな」

アレンも椅子に座ったまま、片手をあげて明るく挨拶している。

そんなあっさりとしたサラとアレンに、リアムは困ったような顔をした。

「いや、お別れの挨拶に来たんじゃなくて、君たちにはある提案をしに来たんだ。特にサラ」

「私？」

サラは自分の胸に手を当てた。何の話か、かけらも思い当たることはないのだが。

「私と一緒に、王都に来ないか」

「はあ？」

それは本当に思いがけない提案だったので、サラは心底不思議に思い首を傾げた。

「何のためにですか」

「何のためにって」

戸惑うようなリアムに、なぜおまえが戸惑うのだと突っ込みたいサラである。戸惑っているのは自分のほうなのに。

「私はここで仕事をしてちゃんと暮らしてます。騎士のお仕事をしているとはいえ、知らない人に付いていく理由がありません」

きっぱりとしたサラの言葉に、ひゅーという口笛の音や囃《はや》すような声がギルドに響いた。他の騎士たちが面白がっているらしい。

「だが私は君たちの生活を垣間見させてもらった。君たちには保護者がいない。そして子どもだけで暮らしている。いくら働いているとはいえ、その日暮らしでしかも野宿、つまり住むところもない、いわばホームレスだ」

サラはあんぐりと口を開けた。誰にも頼らず、いや、ギルドの人には仕事をもらっているけれど、自分で生活費を稼ぎ、テントとはいえちゃんと寝泊まりするところを確保して生活しているのにホームレスと言われた。少なからずショックを受けても仕方ないと思う。

サラはなんと言い返していいかわからず、困ってヴィンスのほうを見た。こういうときはヴィンスに聞いてみるに限る。ヴィンスは俺を見るなよという顔をしたが、律義に答えてくれた。

「あー、確かにテント暮らしでは、定住しているとは言えないかも、しれない」

サラはアレンのほうを見たが、アレンはむしろ表情を消してリアムのほうを見ているので、何を考えているのかわからなかった。

「王都では、保護者のいない子どもは保護施設に入る。そこである適度のしつけや訓練を受けてから、一定の年になったら仕事を紹介してもらうんだ。ふらふらしている子どもは犯罪に巻き込まれることが多いからな。なぜローザの町が君たちをそのままにしているのか理解に苦しむが」

サラにもリアムの言いたいことはうっすら伝わった。王都に来ないかというのは、ふらふらしている子どもをどこかに押し込むという意味なのだ。サラは警戒し、思わず体を固くした。

「それはつまり、私たちを王都の保護施設に連れていくということですか」

「違う。君たちは一二歳になっていると聞いた。それなら、見習いとして私の屋敷で雇うことができるんだ」

つまり、サラとアレンをリアムのお屋敷で雇ってくれるということだ。

「リアムの家は伯爵家なんだ。大きな屋敷だし、侍女や侍従見習いとして雇ってもらいたい人はたくさんいるくらい格式が高くて、待遇もいい。悪い話じゃないと思うぜ」

騎士のうちの一人が優しい口調でそう教えてくれた。

「君は怪我をして戻ってきた私たちを椅子に座らせ、顔を拭く温かいタオルをくれ、冷たいエールを出すよう言ってくれた。一晩一緒に過ごしたが、よく気がつくし、侍女が持っていて好ましい魔法はひととおり使えるようだ。きちんと教育を受ければ、きっといい侍女になる。屋根のある、安定した暮らしができるんだよ」

サラは思わずうつむいた。ネリーと一緒に、この世界でどんな暮らしができるのか考えたことはある。ネリーはハンター一択しか教えてくれなかったが、働くのならどこかに雇われて生きていくのが現実的だろうと思ってはいたのだ。

しかも、サラがいずれ行くかもしれないと思っていた王都に連れていってくれるという。

「で、俺は何のために連れていくんだよ」

隣でアレンがちょっと偉そうに尋ねた。

「君は侍従見習いだ。というか、アレンは身体強化特化型のハンターだったな」

「そうだ」

アレンはためらわずに返事をした。こないだのヴィンスの話をそのまま受け取るならば、アレンは相当自分に自信があるということになる。

「それなら、私に直接つくといい。いずれ騎士見習いに推薦することもできるだろう」

ギルドに、ほう、という空気が流れたのは、それが破格の待遇だからなのに違いない。

そういえばサラのいるこの国は王国で、伯爵がいるということは身分のある社会なのだ。その中で親のいない子が騎士になれるかもしれないなどということは、まずないはずである。

アレンにとってはいい話かもしれない。

サラはちょっと寂しくなってアレンのほうを見た。もちろん、サラは付いていく気などさらさらない。ネリーを捜すのに、身動きが取れないようでは困るのだ。

「俺は断る！」

アレンは椅子に座ったまま、腕を組んで偉そうに胸をそらせた。

周りがざわついた。特に、ここにいるのは騎士隊の人だから、騎士になる可能性を断るのが信じられなかったのだろう。

アレンは胸をそらしたあと、収納ポーチから、ギルドの身分証を取り出した。

サラもそれを見て、身分証を取り出した。

「これは俺が、自分で金を稼いで自分で暮らすことを認めてくれる身分証だ。強いハンターになることが目標なのに、騎士になって寄り道している暇はないんだ」

その瞳には強い光があった。サラも身分証を掲げた。

「私はハンターは目指してませんが、保護者はいます。たまたま出かけていていないだけです」

口に出してみたら、なんだか強がっているようにしか聞こえなくて、サラはちょっと焦った。周りを見ると、一気に視線が気の毒な感じになっているではないか。

「もしネリーが、私の保護者が戻ってこなかったら捜しに行くつもりだけど、その時に私がどこにお勤めしていて、仕事を辞められなかったら困るから」

サラは困ったような顔をしているリアムをすまなそうに見た。

「せっかく、誘ってくれてありがたいんですが、お断りします」

「そうか。仕方ないね」

リアムは残念そうに立ち上がった。

「けれど、今までのように町の外に泊まるわけにはいかないと思うよ。子どもが町の外に泊まっているのは危ないって、町長に話しておいたからね」

「お前！　親切そうな顔をして、ほんとは厄病神じゃん！」

アレンもがたりと立ち上がってリアムを指さした。サラは異世界にも厄病神っているんだなあとぼんやりと思った。

「だから私と一緒においでと言っているのに。準備に時間がかかるなら、後から来ても大丈夫なように紹介状を置いていくよ」

「だが断る！」

アレンは珍しくカンカンに怒っていた。

「子どもから住むところを奪うような卑怯《ひきょう》な騎士になんて、絶対にならないからな！　ツノウサギ程度にやられる騎士になんて」

「アレン！」

急いで止めたが間に合わなかった。

「サラ！　なんでだよ。サラだって草原に出ても、ツノウサギになんてやられないだろ」

「や、やられたことはないけど」

そんなこと言ったらツノウサギにやられた騎士たちの立つ瀬がないではないか。

リアムが、聞き分けのない子だというように首を振った。同時に食堂の椅子に座っていた騎士たちが立ち上がった。

「まいったな。こんな自分の実力をわかってない子どもたち、ますます危険でローザになんて置いておけないよ。さあ」

さあってなんだ。サラが何も考えられずにいるうちに、騎士たちに取り囲まれてしまった。

確かに自分たちは、保護者がいなくて定住もしていないかもしれない。でも、ハンターギルドの身分証を持っているのも見せたし、何よりちゃんとハンターギルドで臨時とはいえ雇われているのだ。それなのになぜわざわざ連れていこうとするのか。

サラは理解できなくて戸惑いが先に立つ。

「魔法をうまく使える子も、身体強化をしっかりとできる子も珍しいんだ」

ヴィンスも同じようなことを言っていた。つまり、アレンもサラも、貴族にうまく囲い込まれようとしているのだ。いったん囲い込まれたらおそらく自由はなくなってしまうだろう。やっとそのことに思い至ったサラは、警戒の度合いを一気に上げた。

「こんな辺境に、保護者もなく置いておけないよ。連れていく」

優しい声がかえって気持ち悪い。

「おい、やめろ！」

さすがにヴィンスが立ち上がった。

「まさかネフェルタリにしたことと同じことをする気じゃねえだろうな。相手は子どもなんだぞ！」

「子どもを野宿させても平気なところに置いておくより、私の屋敷にいたほうが絶対に子どもたちのためになる」

正義のためには何でも正当化するタイプの人だ。サラはぞっとしたが、このままでは捕まってしまう。サラは立ち上がると、アレンの横に立ち、小さい声でささやいた。

「バリアを張ろうか」

「いや、あれがばれたらもっとやばいだろ。サラ、覚えてるか。俺だけじゃなくて、サラにも魔力の圧があることを。あれ、できるか？」

アレンの言っているのは、サラがテッドに怒ったときのことだろう。

「意図的にやったことはないけど、バリアを張らずに魔力をぶつければいいんでしょ。たぶんできると思う」

サラはアレンと目を合わせ、頷《うなず》いた。つまり、魔力をぶつけて、怯《ひる》んだ隙《すき》に逃げ出そうということだ。一度逃げ出せば、いつまでも子どもにかまっている時間はないだろう。

「じゃあ、せーの」

アレンの合図と共に二人は、同時に魔力を解放した。

「うわっ」

周りを囲んでいた騎士たちが、見えない何かに殴られたようによろけていく。

「いくぞ！」

よろけた騎士の下をすり抜けて、ギルドの外に向かう。

「食堂、さぼっちゃう！」

「仕方ないだろ！　どっちに行く！」

「騎士に追いかけられるのを町の人に見られるとまずくない？」

「よし！　町の外だな！」

そのまま中央門に走っていったが、後ろを騎士隊の面々が追いかけてくるのが見えた。

「俺たちなんて、そんな追いかけてくる価値ないだろ！　まず王都の子どもたちを救えよ！」

「ほんとだよ！　ネリーに会うまで、絶対捕まったりしないんだから！」

中央門の門番を驚かせながら、いつもテントを張っているほうに走った。

「ほんと、どこまで追いかけてくる気なんだろう、あ、ヴィンスだ！」

騎士隊の人たちを追いかけるように、ギルドの人たちも付いてきていた。

「せっかく町の人に見られないようにって思ったのに、めちゃくちゃ目立ってたんじゃない？　これじゃ私たちが悪者みたいじゃん！　最悪！」

その時、騎士団の人が何かを上に投げた。ポーションの瓶だろうか。それを中の一人が、火の魔法か何かで爆発させた。キラキラと破片が空に舞う。サラはすっと心が冷える気がした。

「バリア」

ガラスの破片も、飛び散って霧状になった液体も、サラのバリアにはじかれて静かに地面に落ちていく。もっとも、周りから見ている人にはそれはわからなかっただろう。

「何を投げたんだろう。ポーションじゃないし、自分たちに当たらないようにしているってことは、眠り薬か何かかな。最悪だよ」

倒れない二人を見て動揺している騎士たちの様子に、サラの目がきつくなった。効果がないとわかると、騎士の一人がもう一つポーチから瓶を出した。

「また来る。アレン」

「うん。町の結界の外に出るしかない」

町の外に出たのは、目立たないようにということと、できるだけ時間を稼ごうという気持ちからだ。諦めてくれるならいつまでも町の結界沿いに逃げるつもりだったが、相手が卑怯な手を使ってくるなら仕方がない。

サラとアレンは、こうなったら、町の結界の外に出るしかないと決意を固めた。結界の外なら、そもそも追いかけてこないかもしれないし、追いかけてきたとしてもバリアのあるサラとアレンに利があるはずだ。

「バリアはどうする？」

「とりあえず俺はいい！」

「わかった」

二人は、騎士が手に持った何かのポーションの瓶を見ながら町の結界の境目までじりじりと下がった。それを待ち構えていたかのようにツノウサギが町の結界にぶつかってくる。

「サラ！　アレン！　やめろ！」

二人を心配したヴィンスの大きな声が聞こえたが、サラにしてみればやめるべきなのは騎士隊の人たちだ。

「出るよ」

「ああ」

一歩下がって結界の外に出た途端、ツノウサギが襲ってきた。

「ダンッ」

あるものはサラのバリアにぶつかってはじかれる。

「ガンッ」

別のツノウサギはアレンのこぶしで殴り飛ばされる。

そうしながら、二人は草原へとどんどん下がっていく。いらないとは言われたけれど、サラはアレンの後ろを守るようにバリアを変形させた。

「後ろだけ、バリアを張っておくから」

「助かる」

騎士隊は結界ぎりぎりでいったん止まった。リアムが腕を組んでため息をついた。まるで聞き分けのない弟や妹に手を焼いているかのような顔で。

「少女なのに平然と結界の外に出る胆力。ツノウサギをまるで何の危険もないかのように殴り倒す力。やっぱりローザに置いておくには惜しいな」

大きなお世話である。サラとアレンはまた一歩、一歩と町から離れていく。騎士隊の後ろにヴィンスたちが走り寄ってくるのが見えた。

しかし騎士隊にとっても、弱って油断をしていなければ本来ツノウサギなど敵ではない。瓶を持つ騎士を守るように結界の外に踏み出した。これは想定外だ。だが、サラもアレンも捕まるつもりなどなかった。

「いざとなったら、サラも身体強化で走れるな？」

「うん。全力で逃げるよ」

騎士隊の人がまた瓶を投げ、空中で破裂させた。今度はだいぶ近い。日の光を反射してキラキラ光るそれは、サラが広げた結界にはじかれて静かに地面に落ち、そしてツノウサギの上に降り注いだ。

「ツノウサギが……」

サラとアレンに飛びかかろうとしていたツノウサギが、次々と力をなくして倒れていく。

「お前ら、これをサラとアレンにぶつけようとしてたのか……」

聞こえてきたのはヴィンスの怒りの声だ。騎士が次の瓶を取り出したとき、サラとアレンの前にはヴィンスの背中があった。そしてギルドの職員や、食堂の同僚までもが二人の前に壁となって立ちはだかった。

「ツノウサギが！」

ヴィンスたちはともかく、食堂の同僚はハンターではないはずだ。サラは焦った。

「心配いらねえよ。俺たちは皆、元ハンターなんだよ」

ヴィンスが小さくサラに答えてくれた。かと思うと、前の騎士隊に大きな声で話しかけている。

「いいか、そこらへんの保護者のない子どもに騎士様が何をしたって、俺たちが文句を言う話じゃねえ。まして連れてって仕事をくれるって言ってるんだ。いい話じゃねえか、なあ」

ヴィンスが両手を広げている後ろで、サラとアレンはいっそうじりじりと後ろに下がった。それと同時に、サラは自分のバリアの範囲をヴィンスたちを覆うようにそろりと広げた。何の薬かはわからないが、それが万が一にでも、ヴィンスたちにかからないように。

バリアに何かを感じたのかヴィンスがピクリとしたが、振り向くようなことはしなかった。何かにぶつかって跳ね返るツノウサギに、ギルドの面々も不思議そうな様子を見せたが、油断なく構えている。

「けどなあ、それは本人がありがたいって言った場合に限るんだよ。いいか、アレンもサラも、公式に認められたハンターギルドの一員なんだ」

「だが子どもだ」

リアムが言い返した。

「ハンターギルドは一二歳から正式に認めるって言ってるんだよ。そのことに保護者がいるかいないかは関係ねえ」

「ならばなぜ野宿を許しているんだ」

「野宿している奴らはこいつらだけじゃねえ。それに、王都と違って野宿してる奴らは何の犯罪も犯してねえよ。ハンターギルドがハンターの生活に口を出すことはない。きちんと決まりを守って魔物を納めてくれればそれでいいんだ」

リアムは肩をすくめた。

「それなら私が彼らを連れ帰っても何の問題もないだろう。こんな子どもたちがギルドにどんな貢献ができるというんだ」

「少なくともアレンはいっぱしのハンターで魔物をちゃんと納めてる、サラだってそうなんだよ。数日見たくらいでごちゃごちゃ言うんじゃねえ」

「アレンはともかく、サラが？」

疑わしい目でサラを見ている気配がしたので、サラはぐっとこぶしを握ってみせたが、鼻で笑われただけだった。

「話にならないな」

「話にならないのはお前だよ、リアム」

隣のアレンがびくっとしたが、サラだって意外過ぎてバリアをほどいてしまうところだった。

「テッドだ。なんで」

そのテッドは、手に何かの瓶を持ってぶらぶらとさせていた。

サラとアレンに瓶を投げようとしていた騎士が、手から瓶がなくなっていて焦っている。どうやらテッドが後ろから取り上げたようだ。

テッドは瓶を陽に透かし、蓋《ふた》を開けて匂いを嗅ぐと、中の液をほんの少し指に付けてぺろりとなめ、顔をしかめた。

「麻痺《まひ》薬だ。魔物用よりは薄めてあるが、人体に直接使うには濃すぎる」

そのつぶやきにリアムは冷静に答えた。

「内服させるわけではない。霧状にして摂取することを考えたら適正な量だと聞いた」

「はっ。凶悪な犯罪者を鎮めるためならともかく、これをそんなゴミみたいな子どもに使うだと？正気か？」

突然のテッドの登場に驚きすぎて唖然《あぜん》としていたサラは思わずアレンと目を見合わせた。助けに来てくれるなんて偽物かと思ったが、この失礼な言い草は本物のテッドである。でも、いったいなんでここにいるんだろう。

「王都では使われ始めている薬だ。辺境の薬師にとやかく言われることではない」

「辺境かもしれないが、ローザの薬師ギルドでは、こんな薬の販売許可も使用許可も出ていない。

よって、この麻痺薬は薬師ギルドが没収する。お前。持っているものをすべて出せ」

テッドはサラやアレンにだけでなく、王都の騎士隊にも横柄な態度だった。自分に向けられるとたまらなく嫌なその態度も、今だけは爽快に感じたのも確かだ。

おそらくまだいくつか麻痺薬を持っているのだろう。瓶を持っていた騎士がテッドに少し怯んだが、しかし言い返した。

「薬師ふぜいが騎士に指図するな」

「よせ」

止めたのはリアムだった。

「そいつはまずい。平《ひら》の薬師でも町長の息子だ」

「平は余計だよ、役立たずの次男坊が」

「ダンッ」

「ガンッ」

サラとアレンのあずかり知らぬ関係でテッドとリアムが火花を飛ばしているが、麻痺薬が収まった平原では、相変わらずツノウサギが二人を狙っては叩《たた》き落されている。いや、サラは立っているだけなのだが。

「家のない子どもが増える場所は必ずスラム化する。こっちに手を出させたくないのであれば、まずローザの町がちゃんと囲い込め」

「うるせえ。自立してて手の出せない外住みの子どもなんてめったに出ないもんが出て、対応に苦慮してるのはこっちも一緒なんだよ」

対応に苦慮しているとは知らなかった。対応も何も、ゴミ扱いしただけで何もしてくれなかったではないか。

リアムは少しの間テッドと睨《にら》み合ったが、やがてヴィンスたちのほうを見て、諦めたように肩をすくめ、サラとアレンのほうを見た。

「アレン！　サラ！　もう無理に連れていったりしないから、戻ってきなさい」

騎士隊は信用できないと思ったサラは騎士隊がいなくなるまで戻るつもりはなかったし、アレンも同じで、二人は頑《かたく》なに草原から動こうとしなかった。

「リアム、お前らは戻れ。お前らがいなくなったら、俺が二人を連れ帰るから。こいつら、お前らが視界にいる限り、梃子《てこ》でも動かない気だぞ」

リアムはツノウサギを気配だけで殴りつけ、目を騎士隊から離さないアレンに感嘆の目を向けた。

「本当に惜しいな。あれだけの力を持っているのに」

「その力は、ローザで発揮するだろうよ。ほんとにもう帰れ、お前」

ヴィンスがうんざりしたようにつぶやいた。

「王都に来たら、ヒルズ家を頼れ。話はつけておく！」

おそらく破格の扱いを提示して、リアムと騎士隊は戻っていった。その後をギルドの面々が監視するように付いていく。テッドもいつの間にかいなくなっていた。

しかしサラもアレンも、二人が中央門のほうに消えるまで動かなかった。

「そろそろ戻ってこいよ。俺も仕事したいし」

最後まで残ったヴィンスが先に町の結界の中に戻って声をかけることで、やっとサラもアレンも動き出した。もっとも、サラは落ちているツノウサギを全部拾いながらだが。ただ、あきらかに麻痺薬で動けなくなっているツノウサギについては躊躇《ちゅうちょ》した。麻痺薬というだけあって、どうやら生きてはいるようなのだ。

「ヴィンス、麻痺薬のかかっているツノウサギ、どうしよう」

「そこかよ。お前ら本当に神経が太いというかしぶといというか……」

ヴィンスはあきれたように天を仰いだ。

「毛皮を洗い流さなきゃならないから、面倒だぞ。それに麻痺ならいつかとける」

「じゃあ、そのままにしておこう」

サラもアレンにとどめを刺してほしいと言うのはためらわれたのでほっとした。生きているなら無理に命を取ることはない。

「なんだか面倒だったけど、このツノウサギを売れば今日はけっこういい稼ぎにならない？」

「そうだな。売り上げは半分こでいいか？」

「私は別に殴ってないけど、そんなにもらっていいの？」

「いいさ」

そんな二人をヴィンスはあきれたように眺めている。

「にしても、お前らが捜索の騎士隊にポーションを届けたって聞いたときは半信半疑だったが、この様子では本当だったようだな」

「あの時は本当はちょっと危なかったんだ。サラがいたからなんとかなったけど」

アレンは正直に申告している。

「そこだよ。アレンのことはわかるが、サラはいったい何をやってるんだ？　はたから見ると、ツノウサギが自然によけているか、勝手にぶつかって死んでるように見えるんだが」

「ええと」

どう説明したものかとサラは悩む。別に隠しているわけではなくて、今まで誰にも話す機会がなかっただけのことだからだ。

「ネリーが言うには、魔法師は盾の魔法を使うからって」

「またネリーか。何もんだよ、余計なことばかり教えやがって」

ヴィンスはうんざりした様子だったが、納得もしたようだった。

「盾の魔法か。それならツノウサギがはじかれているのもわかる。だが、言っとくぞ」

ヴィンスはスーハーと大きく息を整えた。

「それができるのは、中堅以上の魔法師であって、めったにいないからな」

「ほんとですか」

「ほんとうだ」

ネリー。サラは街道の向こう、王都方面に振り向いた。そこにいるかどうかは知らないけれど。

「ちゃんと普通のことを教えてよ」

文句を言うサラに、私にとってはそれが普通だったんだよと言い訳するネリーの声が聞こえたような気がして、思わず笑みを浮かべた。

「さ、いつまでも結界の外にいるなよ。ひやひやするんだよ、俺が」

「はい」

とっくに町の結界の中に戻っていたアレンとヴィンスに慌てて合流したサラは、中央門から騎士隊が帰るのを物陰に隠れてひっそりと見送った。

「アレンがテッドに意地悪されてお使いに出たときも大変だったけど、今日は大変だったっていうより、怖かったなあ」

「俺、絶対騎士隊には近づかないことにする」

ぶつぶつ言いながら、門番の好奇の目をかいくぐりつつ三人でギルドに向かう。

「そうは言うが、俺が言ったことも本音なんだぞ」

「ヴィンスの言ったこと？」

どの言葉だろうかと思い出そうとするが、怖かったせいか記憶にない。

「あれだろ、リアムが連れてって仕事をくれるって言ってたとこ」

アレンが指摘したことにヴィンスがそのとおりだと頷いた。

「そうだ。貴族の侍女なんて、紹介状がなければなりたくたってなれるもんじゃねえ。まして、騎士だぞ？　お前らが素直にうんと頷けば止める気はなかったんだがなあ」

確かに、そもそもはサラがリアムや騎士隊の人たちに親切にしたことだ。それでも、はたから見ればお礼をすれば済むことなのに、ホームレスにも思える子どもを、わざわざ王都まで連れていって働かせてくれようとするなんてとても親切には違いない。

「でも、私はネリーに相談しなければ決められません。それに」

サラは両腕をこすった。

「なんとなく気持ち悪かったんだもの」

「俺もだ」

「ハハハ。天下の騎士様がか。割と人気なんだがな」

もうハンターギルドはすぐそこだ。

「正しいってことは、時には気持ち悪いんだよ。よく気がついたな、お前ら」

ヴィンスの一言はよくわからなかったが、とりあえず無事に済んだことに胸をなでおろしたサラである。

「それにしても、テッドに助けられるとは思わなかったな」

突然ヒーローのように登場したテッドには本当に驚いたのだ。驚きすぎて、助けられたのをすっかり忘れてしまうくらいには。もっとも、テッドがいなくてもどうにかなったとは思う。

「俺も驚いた」

「俺もだ」

ヴィンスまでそう言うのでサラは思わず噴き出してしまった。

「やっぱりお礼を言ったほうがいいかな」

「今までのことと差し引きゼロ、いや、まだマイナスのほうが大きいと思うぞ」

厳しい顔をするアレンの一言にまた噴き出したサラは、少しは、そう、ほんの少しだけはテッドを見直してもいいかなと思った。

第二章　ローザの町のサラとアレン

しかし、テッドという人は見直したとしても毎日会いたい人間では決してない。

「テッドに呼ばれてる？　なんで？」

騎士隊に絡まれて大変だった次の日、薬草かごは受付に預けることでテッドとの接触は絶っていたのに向こうから呼び出されてしまい、サラは戸惑った。

受付に行くと、うんざりという顔のヴィンスの向かいで、テッドがだるそうな顔で立っている。呼び出したのはそっちでしょうと思いながらもサラは丁寧に問いかけた。

「なにか用があるって聞いたんですが」

「チッ」

本当に失礼な男である。昨日助けられたのは幻だったのではないかと思うほどだ。

「昨日のあいつ。リアムな、今回の騎士隊の中では小隊長より身分が上なんだ」

いきなり話し始めたテッドに少し驚いたが、言っていることは大切なことのような気がしたサラはリアムについて記憶をたどった。

「そういえば実家は伯爵とか言ってた。次男って」

次男についてはテッドが言っていたことである。

「黙って付いていけば問題なかったのに」

そんなことを言いたくてやってきたのだろうか。

その内容を吟味すると、要は身分が高い人に目をかけられたんだから、それに乗っかるべきだったということである。昨日のヴィンスと同じで、つまりテッドもサラのことを心配してくれたということなのだろうか。そう思うと、ちょっとかわいいところもあるのかなとテッドのほうをちらりと見たが、明後日《あさって》の方向を向いているテッドは相変わらず拗《す》ねたボンボンにしか見えなくてやっぱりかわいくなどない。

それ以上何も言おうとしないテッドに痺《しび》れを切らしたサラは、厨房《ちゅうぼう》に戻ろうとした。

「待て」

ふう、とため息をつくくらい許されてもいいだろう。

「私、仕事しないと」

「今日からお前たち、宿に泊まれ」

「は？」

いちいち話す内容が唐突すぎてサラには付いていけなかった。それに宿に泊まるのは多少のお金の問題だけだから問題ないが、お金を貯《た》めるのならできれば野宿のほうが好ましい。それに、テッドはお前たちと言った。つまり、アレンもそうしろということだ。

「アレンは今ちょっといないから、どうするかはわからないけど」

アレンの事情をこの意地悪なテッドに話すのはちょっとためらわれたサラは、こんなときには頼りになるヴィンスのほうをうかがった。ヴィンスは意外なことに真面目な顔をしていて、テッドに言い聞かせてくれた。

「テッド、いきなりじゃなくて、ちゃんと事情を話せ」

「チッ」

舌打ちしないと話せないのかと突っ込みたいサラだったが、テッドは説明を始めた。

「リアムが余計なことを言っていったせいで、今ちょっとローザの町がざわついてるんだ」

「ざわつく？」

テッドはだれている場合ではないと思ったのか、珍しく真面目な顔をしてサラをちゃんと見た。

侮蔑《ぶべつ》も嫌悪も浮かんでいないテッドと向き合うと、まるで初めて会ったような不思議な感じがした。

「リアムをはじめとして、騎士隊が問題提起したのは三つ。一つは北ダンジョンまでの街道の結界が効いていないこと。これはお前には関係ないが」

サラはむっとした。そのせいでアレンが危ないことになったからだ。

「俺だって結界が効いてないと知ってたらアレンを行かせたりはしなかった」

めちゃくちゃ小さな声だが確かにそう言った。

「二つ目」

「声がでけえよ、テッド」

自分の非を認めたのが恥ずかしかったのか、二つ目という声は今度は大きすぎてヴィンスに文句を言われている。

「二つ目は、北ダンジョン方面の草原でツノウサギがやたら増えていること。中央門の近くでさえあんなにツノウサギがいるのは俺も初めて見た」

サラが魔の山から草原を歩いてきたときは、あのくらいの数はいたように思うが、すでにその頃から異常事態だったのだろうか。

「ツノウサギが増えるとワタヒツジが増える。ワタヒツジはおとなしい魔物だが、丈夫なせいで結界に当たっても平気で、街道や町の結界を弱らせることがあるんだ」

ワタヒツジがたくさんいるのは見た記憶がある。

「三つ目。お前たちだ」

「私たち？」

「正確に言うと、町の外でテント暮らしをしている奴ら全員だ。基本的に全部ハンターだし、そもそもローザの町は小さくて、壁の中に余分な場所などない。今まで特に問題を起こす奴もいなくて黙認されていたんだが、いずれスラム化するから問題だと言われてはな。つまり、ネフェルタリのせいで余計な視察まで入ってしまったというわけだ」

そう言われてもサラには困る。

「ネフェルタリのせいじゃねえよ。麻痺させて勝手に連れていった王都の奴らのせいだろ。それに街道の整備は確かに町の仕事だしなあ。ギルドの協力もいるんだろ。面倒くせえ」

ヴィンスが頭が痛いという顔をした。

「ネフェルタリも言っといてくれよ。何の問題もなく草原を突っ切ってくるから、結界が切れてるなんて気がつきもしなかったぜ」

ヴィンスがぶつぶつとつぶやいているが、こちらもサラとはかかわりがない。町にはそれなりの問題があるようだし、テッドの言うことを聞くのは癪《しゃく》だが、最近いろいろの人から町に泊まれと言われているので、真剣に考えるべきことなのだとサラは受け止めた。そうなると、問題は宿をどうするかだ。

「一番安い宿はどこですか」

「ここだ。ギルド運営の宿がある。食事なしで五〇〇〇。今のうちに予約しとけ。普段はガラガラだが、この様子じゃすぐ埋まる」

「じゃあ、お願いします」

テッドが意外そうにサラを見た。

「昨日の様子じゃあ、断るかと思ったのに」

「騎士様のお誘いは断ったから、よほど外に泊まりたいかと思った？」

「まあ、そうだ」

最近、アレンが絡まれていたりするのを見ると、実は狭苦しい宿より、外のほうが安全ではないかと思っていたりはする。

「町の外でテント暮らしをしてたのは、できるだけ節約したかっただけ。町に泊まれないわけじゃないの。このままネリーが帰ってこなかったら、いずれ捜しに行く旅費を貯めなくちゃいけないと思ってたんだけど」

「お前はまだそんなことを」

言いかけてテッドは、まるで心配しているようだと気がついたのかまたチッと舌打ちした。

「街道の結界はしばらくは放っておいてもいいが、まずおそらくテントの強制撤去が入る。捕まって町を追い出されたくなければ、しばらく自重しろ」

そう言うと、さっさとギルドを出ていこうとして、ふと立ち止まった。

「いや、追い出されたほうがさっぱりするかもな。ハッ」

親切なテッドより、嫌味《いやみ》なテッドのほうが安心するというのもおかしな話だが、サラはなんとなくほっとした。ギルドにも仕方のない奴だという雰囲気が漂っている。

「ヴィンス。私は大丈夫だけど、アレンはどうなんだろう。今は二人で薬草を採っているから、たぶん宿代はなんとかなるけど、毎日同じくらい採れるとは限らないし」

「聞いてみるしかねえなあ」

しかし、夕方ギルドに飛び込んできたアレンの言葉は意外なものだった。

「下宿先が見つかっただって？　だがアレン、お前、圧は」

「うん、それがさ、昔の物見の塔なんだって」

アレンは声を小さくすると、ヴィンスにだけ聞こえるように言った。ヴィンスは眉をひそめると、何かを思い出そうとするように指でこめかみを二回トントンと叩いた。それからアレンと同じように小さい声で返事をした。

「物見の塔って、二層の壁のあっちこっちにくっついてるやつか。ありゃ飾りじゃなかったのか」

「うん。昔の監視塔なんだって。こないだオオルリ亭の物置の片付けを手伝ってたら、塔に上がる階段が出てきてさ」

「わあ」

サラは思わず声をあげた。それはわくわくする。

「上がってみたら、二層の壁にくっついてるから石造りだし、物見の塔だから、窓は開きっぱなしだけど、何人か床に寝転がれるくらいの広さはあってさ。もちろん、町だから雨も降らないし」

アレンはにやりとした。

「どうせ誰も管理なんてしてやしないんだから、あんた、寝泊まりに使ってもいいよってエマが言ってくれて。で、物見だから、建物の屋根の上にあるんだよ」

「なるほど、どこからも一定の距離がある場所ってわけか。お前の圧は届かない」

「うん。だからさ、サラ」

アレンは嬉《うれ》しそうに笑った。

「一緒に下宿しないか。並んで寝るのが気になるなら、中にテントを張ってもいい。窓は開きっぱなしだから、町の外とほとんど変わらないかもしれないけどさ」

「でも私、エマと全然知り合いじゃないのに、いいの？」

「エマは別にいいってさ。サラのこと覚えてて、あの礼儀正しい子なら問題ないって言ってた」

サラはヴィンスを見た。

「ギルドの宿なら、今はあけてくれるほうが助かるくらいだから、予約は取り消しで大丈夫だぞ。けど、お前らもう冬なのに、窓なんて開きっぱなしで寒くないのか？」

サラとアレンは顔を見合わせた。

「俺たち」

「外で寝てるんですよ？」

「あー、そうだった」

サラはモッズが交代で来るのを待ちわび、そのままアレンとオオルリ亭に駆けだした。

「店の裏手に回って、物置から入っていくんだ」

「エマに挨拶は？」

いちおう家主に確認しないといけないのではないかと思うサラだったが、アレンはいいんだと言った。

「今忙しい時間だからな。後のほうがいい」

狭い建物の隙間を抜けると、裏庭に出たが、裏庭は建物と二層の壁で挟まれた狭い空間で、いろいろな荷物が野ざらしにされている。町は結界に覆われていて雨が降らないので、困ることもないのだろう。

そしてその物置は、二層の壁から生えるように立っていた。よく見ると、他の店や家の裏もそんなふうに壁にくっつくように建物や物置が建てられている。

「二層の壁をうまく使ってるんだよ。さ、ここを入ると」

開けっ放しの物置に入ると、古びた椅子や机が積み上げられていた。

「改装前の古いものなんだってさ。まだ使う人がいるからって、移動させるのを手伝っていたら、ほら」

物置の二層の壁に接しているところに、大人なら少しかがんで入れるくらいの穴がぽっかりとあいていた。

「昔はたぶん、扉が付いていたんだと思う」

ポーチから明かりを取り出して足元を照らすと、壁に張り付くように急勾配の螺旋《らせん》階段と手すりがある。

「何度か上り下りしてみたから大丈夫だ」

サラは高いところは特に苦手ではないので、アレンの後について恐る恐る上を目指した。くるくる回って目が回りそうになる頃、アレンの姿がすっと消えた。

慌てて足を急がせると、アレンと明かりが向こう側に見えた。

「最後、気をつけて」

最後の一歩を上がり切ると、サラはぽかんと口を開けた。階段を上がって左手に身を乗り出せるほど大きい四角い物見の窓がぽっかりあいており、そこから差し込む月か街灯の淡い光が、広い部屋を照らし出していた。見上げると天井も高い。

アレンは得意そうに鼻の下をこすった。

「いちおう、掃除はしてある。こっち半分だけだけど」

本当に何もない部屋だった。見張りが寝泊まりするためか、学校の教室半分くらいの広さがある。

階段と窓を避けても、二人が横になるには十分な広さで、確かに一人で全部掃除をするのは大変そうだった。サラがしゃがみこんで床をなでると、きちんと掃除してある床は、塔の壁や階段と同じ土魔法で固めたレンガのような素材でできており、今まで寝ていた乾いた地面と比べると芯から冷えそうではある。

ただ、屋根の下にいるという、今まではなかった圧倒的な安心感があった。窓からは通りの喧《けん》噪《そう》も聞こえてきて、決して静かではない。だが、その人の気配はむしろ心を落ち着かせてくれるものだった。

「いいだろ」

「うん。いいね」

それだけでお互いに言いたいことが伝わる気がした。

「マットを敷けば寒さはなんとかなりそうだろ。下の物置から、後で小さいテーブルと丸椅子をもらってくるからさ。そしたら、ちょっと寒いけど、俺たちだけの部屋の出来上がりだ」

「薬草を採りに行くのに今より余分に時間がかかるようになるのがちょっと気になるけど」

「その分、ギルドから寝るところまでの移動の時間は早くなるだろ。少し早く寝て、早起きして頑張って薬草を採ろう。本当は早くまたダンジョンに潜れるようになるといいんだけど」

その日はどこにも出かけず、サラの持っているお弁当を久しぶりに食べた。アレンは代金を払おうとしたが、サラは下宿の紹介料だと言って断った。

「サラの飯はうまいな」

「そうだとしたら、たぶん素材のおかげだね」

　ネリーがよく狩ってくるコカトリスの肉や卵は、この町では食べたことがなかったから、その食材の違いのような気がするのだ。サラは食後に窓から外を眺めてみた。

「町の外は見えない気がする」

「第三層の壁は第二層のより高いからな。その代わり町がよく見えるし、昼は遠くの山は見えるぜ。あ、あそこ、ギルドじゃないか？」

「ほんとだ。こんな時間でもハンターがたくさん出入りしているんだね」

　三層の壁までの距離はけっこうあって、泉を起点に入り組んだ道や建物がたくさん見え、小さいけれども人の姿もよくわかった。

「こんな時間っていっても、いつもならテントを張る場所にたどり着いているくらいの時間だよ」

「じゃあ、そろそろ挨拶に行っても大丈夫かな。それに下宿代とか聞いてないし」

　サラは少しそわそわしながら階段のほうを見た。いくらアレンが大丈夫だと言っても、サラ本人がここを使う許可をもらったわけではないのだ。

「そういや、使っていいよって言われただけで、家賃とか聞いてないや。よし、聞いてくるか」

　明かりを持ちながら、慎重に暗い階段を下りていく。お店の裏口から入るのはためらわれたので、裏庭をぐるりと回ってオオルリ亭の入り口から顔をのぞかせる。

「いらっしゃい！　なんだ、アレンかい」

　エマの陽気な声が店に響く。店の中は仕事帰りの客でいっぱいで、とても暇そうには見えない。

「話は明日の朝で十分さ。いつもの時間に顔を出しとくれ」

食事をしないなら早く入り口からよけろという仕草に、アレンは苦笑しながら引き下がった。

「っていうわけだ。明日、薬草を採った後にもう一度顔を出そうよ」

「そうする」

硬い石のような床にマットを敷いて、毛布をかける。アレンも同じだ。窓にはガラスなどなく吹きさらしで、相変わらず町のにぎやかな気配はするけれど、それがむしろ子守唄《こもりうた》のようですぐに眠りについたのだった。

次の日の朝、先に起きたのはアレンだった。サラはいつもと明るさが違うので、起きるまで少し時間がかかった。

「ここは……」

「物見の塔だよ」

「物見……」

サラはばっと起き上がると、窓に駆け寄った。

「わあ、町が朝日を浴びてきれい！」

第三層の壁が高くて、町に長い影を落としている分、いっそう日の差すところが明るく見える。道の起点となる泉がそこかしこで光を跳ね返してキラキラと輝き、朝の早い店が扉を開け始め、どこからか焼きたてのパンの匂いが漂ってきた。中央門に急ぐ人たちはハンターだろうか。町はもう動き始めていた。

「朝の草原もいいけど、町もいいよな」

二人でほんの少し町を眺めたら、急いで薬草採取に向かう。

「おい！　アレン！」

中央門で門番から声がかかった。朝の担当の兵だ。

「夕方担当の兵から申し送りがあった。アレンとサラが今日は町の外に出てきていないってな。いったい何があった。大丈夫なのか？」

サラはびっくりしてしまった。アレンはともかく、サラのことまで把握されているとは思わなかったからだ。

「俺たち、昨日から町で下宿してるんだよ！　エマのとこで」

「エマって、オオルリ亭のか？」

「うん！　裏手の物置が片付けたら、場所ができたからって」

「物置って、おいおい。まあでも、屋根がある分だけ野宿よりはずっとましだしな。よかったな」

門の兵はほっとしたように頷いた。

「夕方の担当にはそう言っとく。これから薬草採りか？」

「うん。行ってくる！」

いつも薬草を採るあたりまで二人で走ると、朝早いせいかまだテントがぽつぽつと張られているのが見えた。

「昨日はまだ大丈夫だったみたいだね」

「確かに、サラや俺みたいな子どものテント暮らしは危ないよなって自覚はあったけど、大人は大丈夫だと思うがなあ」

「自覚はあったんだ」

サラは苦笑した。

「最初に会った日に言っただろ、危ないぞって」

「確かに。おなかすいてふらふらしてるとこにばっかり気を取られてたけど、そうだったね」

サラはアレンとの出会いを懐かしく思い出した。危ないから、明かりに注意しろと言いに来てくれたんだった。

それから薬草を決まった分だけ採り、まずはエマのところに顔を出すことにした。

「私、最近いつでも走ってる気がするよ」

「初めて会ったときより体力ついたんじゃないか？　俺と同じで、無意識で身体強化を使ってるかも」

「ええ？　それはちょっと嫌だ」

「なんでだよ」

アレンが不満そうに口を尖《とが》らせたが、説明のしようがない。理由はアレンにではなく、ネリーにあるからだ。

サラはネリーが大好きだが、ネリーがなんでも身体強化ですまそうとするところは苦手である。だから無意識で身体強化を使うなんて、まるでネリーの身体強化仲間になってしまったようでなんとなく嫌なのだった。

朝は閉まっていたオオルリ亭も、戻ってきたら開いていた。まだ営業時間ではないが、ドアは開いており人が働いている気配がする。

「エマ！」

「はいよ！」

威勢のいい返事と共に、エマが現れた。

「中で座って話そうか」

店に招き入れられたが、エマはサラとアレンとはテーブルを二つほど間に挟んで座った。

「長く話すんならこのくらいが楽でいいね。あんたに圧がなかったら、店の手伝いももっとお願いできるんだけどねえ」

「でもこの力があるから、俺はハンターになれるんだ」

「もっともだよ」

エマはハハッと大きな口を開けて笑った。そんなエマに、サラはおずおずと挨拶した。

「あの、お世話になります。サラです」

「いいんだよ。一人でも二人でもあたしの懐はなんにも痛まないからねえ。あたしは片付いた物置を貸してるだけで、物置の奥に何があるかなんて知らないのさ」

エマはぱちんとウィンクしてみせた。確かに、物置はエマの店の持ち物だが、その先の物見の塔は町の持ち物である。ということは、不法侵入ではないのか。サラは急に焦り始めた。

「そもそももう使わない物見の塔なんて、町もいまさら何も言いやしないよ。それにほら、言わなきゃバレやしないし。ちゃんと物置に住んでるって言いなよ」

「そこは抜かりなしだ」

にやりとするアレンの昨日からの様子を思い出してみると、確かにヴィンス以外には物見の塔に住んでいるとは言っていない。サラは感心すると同時に、言っておいてほしかったとも思った。

「それよりどうだい、サラ。あんたのほうはアレンと違って厨房でも給仕でも働けそうなんだけど。ギルドで働くのよりちょっと割り増しで払うからさ、うちで働かないかい」

「私ですか。うわあ」

すごくありがたい申し出で、思わずやりますと言いそうになったが、なぜかその言葉は出てこなかった。なぜだろうと考えると、やっぱりネリーなのだ。

サラはちょっとうつむいてから顔を上げた。

「あの、短時間のお手伝いならできると思うんです。でも、私、保護者が迎えに来てくれるのを待ってて。たぶん、きっとまず薬師ギルドかハンターギルドに顔を出すと思うから」

その時に、サラがいなくてすれ違ったということにはなりたくないと思うのだ。

「ネリーって言ったかい。若い女性なんて目立つと思うんだけど、聞いたことはないんだよねえ」

サラはエマに直接ネリーという名前を話したことはない。それなのにそこまで知っているということは、町にはサラの噂《うわさ》が具体的に流れているということなのだろう。エマもきっと、サラが保護者に捨てられたと思っているのだと思う。しかしそう思っていたとしても、エマの口から出てきたのは温かい言葉だった。

「正直なところ、あんたみたいなかわいくて素直な子を捨てたりはしないと思うんだよ。何かすれ違ってる気がするんだが、ネリーとやらは本当にローザって言ったのかい？」

「はい」

すれ違っている、そう言われるとそんな気もするのだが、サラの頭の中のどの情報もローザという町を指定されたことが間違っているとは思えないのだ。

「あ、それとお家賃なんですけど」

「物置で家賃を取る奴なんていないるかい」

エマはサラの申し出を片手で払いのけた。

「ただ、そうだねえ。ギルドの仕事が終わったら、ちょっとだけ皿洗いとか手伝ってくれると助かるよ」

「はい！　それでいいなら」

「俺も手伝うよ」

アレンの申し出も片手で払いのけられた。

「アレンは圧が強くて厨房に入れないだろ。昼にいつも以上に頑張っておくれ」

「うん」

そこから二人は別れ、サラは薬草かごをヴィンスに預けようとしたのだが、珍しくヴィンスは受付にいなかった。代わりにミーナがかごを受け取ってくれた。

「サラ、私が預かっておくわ」

「ヴィンスはどうしたんですか？」

「それがねえ。サラはダンジョンに入らないから、関係ないかもしれないけど、ちょっと魔物の買い取りで問題が起きててね。裏でお偉いさんたちの話し合いが持たれているとこなのよ」

そういえばヴィンスは副ギルド長だったし、副ギルド長がどのくらい偉いかわからないけれど、少なくともこのあいだ来た騎士隊の誰よりも偉そうであったのは確かだ。

サラはなんとなく納得して厨房に入った。

「サラ、ちょっと表に来いってよ」

「かごは預けてるのに？」

サラは芋剝《いもむ》きの途中でまた呼び出された。テッドだったら一言何か言ってやろうと思っていたら、そこにいたのは銀髪の人だった。

「クリス、さん」

「ああ、サラといったか。無事に戻っていたとは聞いていたが、元気そうだな」

一見冷たく見える冬色の瞳を優しく緩ませてサラの顔をのぞき込むように見るその人は、お使いに行ったときに顔を合わせた薬師ギルド長のクリスに間違いはなかった。

「チッ」

「テッド」

「はい。すみません」

安定のテッドも付いてきているが、クリスの斜め後ろに控えていていつもより態度がおとなしい。

サラはクリスに見えないようにしながらテッドにべーっと舌を出した。

「お前！」

「テッド」

「はい」

クリスの一言でしゅんとしたテッドに少し溜飲《りゅういん》が下がったサラは、自分でも大人げないとは思う。

「最近、毎日薬草を納めてくれているそうで、とても助かっている。特に上薬草は。ところで、いつも決まった数を納めているようだが、それはなにか考えがあってのことだろうか」

「はい。特に数は言われていないので、朝、確実に摘《つ》めるだけの分を採っています。それと、一度にたくさん採らないようにもしているから」

「ふむ。思ったとおり賢い子だ」

「ケッ」

おっと、テッドから違うバリエーションが出てきた。

「では、麻痺草が欲しいと言ったら、手に入るだろうか」

「麻痺草ですか？」

麻痺草は案外どこにでも生えているが、まとまって生えていないので、その日必ず採れるとは限らない。特に最近は薬草と上薬草しか探していなかったので、確実に採取できるとは言い切れないのだ。

「最近探していなかったから、確実にどこにあるとは言い切れません。優先して探してみますとしか言えないです」

「ケッ。その程度だよな、やっぱり」

「テッド」

「すみません」

謝るなら余計なことは言わなければいいのにとサラはあきれた目を向けた。

「テッドに聞いたが、どうやら君たちは騎士隊に麻痺薬をかけられそうになったとか」

「私には薬の種類まではわかりませんでした。ただ、ガラスの破片が怖かったとしか言えなくて」

「なるほど。ポーションですら大人と子どもの適切な量は異なるというのに、あの者らはまったく」

ぎりっという歯噛《はが》みの音が聞こえてきそうな言い方であった。

「麻痺薬は薬が抜ければ自然に治るが、今回のようなことが何回もあっては困る。すぐ治療できる解麻痺の研究のために新鮮な麻痺草が欲しいのだ。優先して探してはもらえないか」

「努力します、としか言えませんけど、やってみます」

「お願いする。それから」

クリスは少し悲しそうな顔になった。

「ネリーといったか。私を頼れと言ったと聞いた」

「はい。ローザの町で頼れるのは薬師ギルドのクリスだけだと」

頼れずに途方に暮れたときのことを思い出して少し声が震えてしまった。

「その時いなかったとはいえ、頼るものもない少年を放置してしまい、すまなかった」

戻ってきてからも放置していましたよねと、サラの中の皮肉な誰かがそう言っていたが、とりあえずそれは頭の隅に追いやった。

追いやったら今度は少年という言葉が気になった。この人はお使いに行ったときに私の体調を気にかけてしっかり顔色を観察したくせに、女の子だとは気がつかなかったのだ。つまりヴィンスと同類であり、案外うかつな人であるという評価がサラの中で定まった。

「だが、ネリーという人には本当に覚えがないのだ。もともとの女性の名前には興味がないとはいえ、赤毛に緑の瞳といえば私の愛《いと》しいネフェルタリと同じ、必ず覚えているはずなのだが」

「は、はあ」

氷のように怜悧《れいり》な美貌を苦悩にゆがませているが、冷静に見てみると、言っていることは相当自分勝手なことである。女性には興味がないが、好きな人と同じ色合いなら覚えているはずだというのだから。

後ろでテッドがなんとも言えない顔をしているが、これぱかりはサラもテッドに同意であった。

「愛しいネフは私と同い年、つまりそろそろ四〇に近い。いつまでも麗しいとはいえその成熟した美しさは、サラの捜している若い女性とは比べ物にならないと思うのだよ」

いや、そもそも比べてはいないし、そのネフェルタリとかネフとかいう人のことも特に知りたいとは思わないのだが。

「私に頼らずとも、ハンターギルドでちゃんとやっているようだから声はかけなかったが、これからは困ったことがあったら、薬師ギルドに来るといい。テッドには言い聞かせておくから」

「はい」

後ろでテッドがぐるりと目を回して変な顔をしていますよとか、全然言い聞かせられないからこのざまではないのかとかいろいろ言いたいこともあったが、サラは素直に頷いた。正直に言うと、面倒くさかったからだ。

「では麻痺草についてはよろしく頼む」

「はい」

クリスは、薬師のマントを翻してすたすたといなくなってしまった。

「変な人」

サラの漏らした一言に受付の誰かが噴き出したが、サラは知ったことではないという気持ちだった。麻痺草は探すし、薬草も採ってくるけれど、それ以上は関わらないようにしようと思う。

テッドが何か言いたそうな顔をしてその場に残っていたが、その気持ちを汲《く》み取る必要もないのでサラは厨房に戻ろうとした。

その時、裏のギルド長室のほうからたくさんの人が移動してくる騒がしい気配がした。

「チッ」

また舌打ちしていると思う暇もなく、テッドがサラの右腕をつかんだ。

「ちょっと来い」

「え？　え？」

テッドに害意を感じたら、サラのバリアも発動していたと思うが、完全に意表を突かれたため、そのまま引っ張っていかれた先は、売店だった。

「この後ろで、しゃがみこんでろ」

なんでだと言いたい気持ちはあったが驚きの気持ちのほうが勝り、サラはそのまま売店のカウンターの下にしゃがみこんだ。

ざわざわした気配は裏からギルドに出てきて、受付のところで止まった。

「ではそういうことでお願いしますよ」

「ローザの町から言われたらギルドはそうするしかねえ。が、ギルドの職員は副業禁止ではないからな。ハンターもそうだが、ギルド外ですることまでは止められねえよ」

「あんたも強情ですな、ジェイ。下っ端がいなくなったほうがローザのハンターギルドは楽になるだろうに」

なんだか不穏な気配がする。ジェイと呼ばれているし、この少し間延びした話し方はギルド長だと思うが、もう一人は誰だろうか。

「ハンターギルドは、ギルドのためにあるんじゃねえ。ダンジョンや草原で魔物を狩るハンターと、そのハンターが暮らす町のためにあるんだ」

「だからこそ、町の治安のために、貧しくて犯罪に走りそうな人はいらないんですよ」

「違う」

ギルド長は少し声を強くした。

「下っ端や弱い奴、若い奴が育って強いハンターになるんだ。優遇する必要はないが、切り捨てるのも間違ってる」

「平行線ですな」

やれやれと言いたげな声の持ち主は、

「おや、テッド」

と言いながら売店のほうに近づいてきた。

「ああ、父さん、偶然ですね」

父さん。テッドに父親がいても当たり前のことなのだが、サラはちょっと驚いた。その丁寧な口調にも。

「ハンターギルドには何を？」

「薬草の仕入れに」

テッドが、おそらく収納ポーチからサラから買った薬草を取り出して見せている気配がした。

「クリス様が先に行ってしまったから、私も行かないと」

「なんと。長と一緒だったとは。それはお待たせしないようにな」

「はい。では途中まで一緒に行きませんか」

「ああ」

テッドの父親らしき人とテッドは、そのままギルドを出ていった。

サラは売店のカウンターからそっと顔を出した。

「びっくりした」

「俺もだよ」

いつの間にかヴィンスがカウンターのところにいて、サラはそれにも驚いてしまった。

「ああ、サラだったか。無事に戻っていたようだな」

ギルド長もサラを目に留めて、今ごろそんなことを言っている。もっとも、クリスもそうだったので、サラもそんな程度の心配だろうと思っている。

「テッドってやっぱり偉い人の子どもだったんですね」

「ああ、町長だ」

でも一番驚いたのは、父親には丁寧な言葉遣いだったこと、そしてサラのことを隠したことだ。

「何で私を隠したんだろう」

「あー、いわゆる外住みの子どもを町長の目に入れたくなかったんだろうよ」

サラは自分の格好を眺めてみた。体は清潔にしているし、魔法で服もすぐ乾かせるから、寒い季節でもまめに洗っている服はきちんといている。髪をしばらく切っていないので、若干ぼさぼさしている感はあるが、特にだらしないといった感じはない。

「ぱっと見が悪いわけじゃねえよ。アレンだってお前と一緒に行動するようになってからは小奇麗なもんだし。だけど、親や保護者がいねえってのは本当に目立つんだよ。お前ら今、三層のどこに行っても素性を知られてるぞ」

「それでか……」

テントを売ってくれた人も、エマも、門番も、サラを普段よく見ている人もいない人も、なんとなくネリーのことまで知っている感じだった。だが、今のところ悪感情をぶつけられたことはない。

「問題が目に入らないうちは町長も軽く見ているだろうが、保護者のいない子がギルドで働いている現状を目にしたら、具体的な対策を立てろと言い出すだろうからな」

「え、じゃあ私、ここで働かないほうがいいってことですか」

「いや、どこで働いても人の目につくことには変わりはない。だからむしろ、俺たちの目の届くここで働いていたほうがいい。それと」

ヴィンスは少し小さい声になった。

「もう、町の外には泊まってないな？」

「はい、昨日からエマのところでお世話になってます」

「よし」

ヴィンスは知っているけれども、物見の塔だということまでは口にしない。

「そうか、お前らテント暮らしは卒業したか」

ギルド長もほっとしたようだ。

「ええと、何か困ったことが起きてるんですか？」

「ああ。まあ困るのはお前たちや下っ端だけなんだがな。このあと貼り紙を貼る予定ではあるが、面倒だから、後でアレンと一緒に説明するのでいいか」

「はい」

それで十分である。サラは自分はかばわれたのだろうかと不思議に思いながらテッドの出ていったギルドの入り口を振り返ったが、考えても仕方のないことだしと思い、急いで厨房の仕事に戻った。なぜいつも仕事に邪魔が入るのかとため息をつきながら。

その日売店の仕事を始めると、受付のほうでいつもと違う光景が繰り広げられていることに嫌でも気づかざるを得なかった。

「何で急に買い取りができなくなってんだよ」

「ローザの町の方針で、急に決まったことだ」

文句のありそうなハンターにはヴィンスが対応し、知らせを書いた掲示を見ろと促している。

聞き耳を立てていたサラは、なるほど貼り紙とはそのことかと理解し、客が途切れた隙を縫って掲示とやらを見に行ってみた。

「ええと、買い取り停止：迷いスライム以外のスライム、オーク含め、オークより買い取り価格の低い魔物と魔石。期間：ローザの町が許可を出すまで。例外：東門から北ダンジョンまでの草原の魔物。東門に出張買い取り所を設けます。どういうこと？」

サラには迷いスライムの魔石があるから、お金に困ることはしばらくないことだけは理解したが、なぜ買い取りを停止するのか、それが何の問題なのかはピンとこなかった。それに、中央門からすぐの草原にも、ツノウサギはたくさんいたような気がする。なぜ東門から向こうと限定するのか。

「オークもスライムも売れなければ、干上がっちまうんだよ！」

「わかってる！　わかってるが、ハンターギルドがダンジョンの町に付属している以上、町からの指示は絶対なんだよ」

大きな声をあげるハンターに、ヴィンスも苦しそうに答えている。ハンターの苦境は十分わかっているということなのだろう。

「町の外に野宿するのも禁止って、どういうことだよ……。収入もなし、泊まるところもなしじゃ、俺たちやっていけねえよ」

サラはハンターのその嘆きを聞いてやっと理解した。リアムもテッドも言っていたではないか。野宿する人が多ければスラム化するからなんとかしろと、騎士隊がローザの町に忠告していったとかなんとか。

つまり、これは、いわゆる実力のない下っ端のハンターを強制的にローザから追い出そうとする作戦なのだ。蓄えのある人は町の宿に泊まりながら買い取り停止の解除を待てばいいが、そんな余裕がないからこそテント暮らしをしているというのに。

「救済策が草原の魔物って、そりゃねえだろ……。なんでツノウサギがオークより買い取り価格が高いと思ってるんだよ。強さは大きさじゃねえんだぞ。それに東門に行くまでにどれだけ時間がかかるか」

ハンターのそのつぶやきで、サラは「草原の魔物」の強さを理解した。肉が手に入りにくいから高い、ということは、つまりツノウサギが強いから倒しにくいということだったのだ。単純においしいからという理由と、一羽から採れる肉の量だと思っていた、

「いいか、今ギルドの解体職員は、ギルドでの仕事が減るからという理由で、個人で解体を請け負っていいことになってる。つまり、個人に解体を依頼して、個人で店に売り込みに行くことまでは

禁止されていないからな」

ヴィンスの遠回しの説明は、ギルドは町の方針に従わざるを得ないが、代わりになんとか救済措置を用意しているということなのだろうとサラは理解した。

「だがそれにどれだけの手間と時間を取られる？　つまり、ツノウサギをやるしか俺たちがローザに残るすべはないってことじゃねえか」

オークやスライムを狩って、一日分でも生活がかつかつというハンターがいわゆる下っ端である、ということになる。その下っ端を利用して、ツノウサギが少しでも減らせればよし、ツノウサギが狩れなくて生活できないものはローザから去るしかない。考えた人は頭が回るのだろうが、残酷な仕打ちでもある。サラはなんとも言えない気持ちになった。

下っ端には確かにアレンに嫌がらせをした若者もいる。だが、皆アレンのように、ハンターを目指して夢を持って頑張っている人たちなのだ。スラム化するかもしれないと言うが、現に犯罪は起きていない。少なくとも自立しようと頑張っている人たちではないかとサラは思うのだ。

東門に行くまで、町の外なら大人が普通に歩いて三時間かかるだろう。町中を突っ切ればもう少し早いかもしれないが、いずれにせよ移動のぶん狩りの時間も減る。

アレンが駆け込んできたときは、騒ぎはもう少し大きくなっていて、貼り紙の前には数人の人だかりができていた。その前に割り込むようにして貼り紙を眺めてから、アレンはサラのところに走ってきた。

「ひどいことしやがる」

その顔は暗かった。本当のところを言うと、下っ端の人たちがいなくなれば嫌がらせがなくなり、アレンはダンジョンに潜ることができる。もしかすると、明日からはもう、下っ端の人はいないかもしれない。それでも、アレンはそれで自分が楽になるとは思わなかったらしい。

そんな騒ぎの中、自分たちは明日からどうしたらいいのか、今日と同じままでいいのか、少し途方に暮れながら売店に立つと、ヴィンスがこちらに歩いてきた。

「アレン。サラ。貼り紙以上の説明が必要か」

「いえ、なんとなくわかりました」

「そうか。俺は明日から、東門に出る。出張買い取りってやつだ。もっと若い奴にやらせろよと思うが、おそらく相当のトラブルが予想される。下手をすると、ハンターの救出に向かわなければならないことも考えられるからな。ローザの町も面倒くさいことしやがる。それもこれもあの騎士隊の若造のせいかと思うと、ほんとになあ」

「でも、伯爵家の次男と聞きました。貴族とはいえ、それだけじゃ町を一つ動かす力なんてないんじゃないですか」

サラはリアムを思い浮かべた。実際、任務に来た騎士隊の中では二番目くらいの偉さではなかっただろうか。もっと偉い人がいたと思うのだが。

「伯爵家の次男なんだが、現宰相の息子。そう言えばわかるか」

「あー、はい」

本人には力がないが、親の力をよくわかっていて利用するタイプ。しかもそれが正義感から来ているから手に負えない。

「お前らも宰相家の侍女と宰相家推薦の平民騎士になれたかもしれなかったのに」

「別にいいです」

「俺も別に」

「あ、そう。欲のないことだな」

ヴィンスはそう言いながらも少し楽しそうな顔になった。

「で、お前らはどうするよ」

「俺はしばらくは今のままのやり方を続けます」

アレンがそう決めているのなら、サラも今のままでいいだろう。

「私も」

「ん。面倒がねえ。助かる」

ヴィンスはほっとしたように頷くと、受付に戻っていった。

その日、物見の塔に戻ると、部屋には小さいテーブルと丸椅子が二つ増えていた。

「わあ」

たったそれだけで、何もない塔の部屋が普通の家のように感じられるから不思議だ。

今まで地面に置いていた明かりをテーブルに置くと、少し位置を高くした明かりで部屋の景色が変わる。今日もいつもと何も変わらなかったかのようにおしゃべりをしながら食事をし、テントを一つ張って交代で体を拭く。寝間着なんて着ない。次の日に着る服に着替えて寝るだけだ。

「ねえ、アレン」

「なんだ?」

「今日ね、薬師ギルドのクリスが来たんだよ」

「お使いの時、俺にお駄賃をくれた人だな」

アレンも覚えていたようだ。

「それでね、テッドもくっついてきてて、フフッ」

サラは思わず笑いを漏らした。

「なんだよ」

「クリスって薬師ギルド長で偉い人でしょ。テッドもいつもの調子で舌打ちしては叱《しか》られてて、あー、おかしかった」

「そんなに偉いなら普段からもっとテッドのことちゃんと見とけって話だよな」

「それ、私も思った」

二人で思わず笑い合った。

「でもね、今日も私のこと偉い人から隠してくれたり、最近なんだかおかしいんだよね。こないだなんて、街道の結界がないって知ってたらアレンを行かせたりしなかったって言ってたし」

いつも態度の悪いテッドだが、たまにはいいところもあるなら、それをアレンにも伝えてあげようと思うサラである。一方でそれを聞いたアレンは黙り込んでしまった。

「アレン?」

「テッドがサラに嫌な態度を取ってばかりじゃないって聞いてほっとしてる。けど」

アレンはやっとサラに返事をした。

「俺にはテッドは何も変わらない。さすがに意地悪はしなくなったけど、それはお互いにかかわらないようにしてるからだ。だからさ」

アレンはサラのほうを向いて、にかっと笑みを浮かべた。

「俺がテッドを認めるかどうかは、俺にどういう態度を取るかによる。せっかくサラがいいところを教えてくれたけど、俺は俺の目で判断するよ」

「うん」

サラは微笑《ほほえ》んだ。こういう他人に左右されないところがアレンのいいところだと思う。でも、

「そう簡単に評価が変わると思うなよ」

そう言ってこぶしを振り回しているアレンもそれはそれで好ましいのだった。

「そうそう、クリスの話をしてたんだった。あのね、麻痺草が欲しいって依頼を受けたの」

「麻痺草か。俺はまだ教わってないやつだな」

サラは頷くと、なぜ麻痺草が求められているのか説明した。

「じゃあ、麻痺草採取が大事ってことで、サラは明日からそれを優先してやるってことだな」

「うん。それでね、アレンにも頼みたいことがあるんだ」

「俺に？」

薬草関係のことをアレンに頼みたいというのは意外だったのだろう。マットに座りながら、アレ

ンは不思議そうにしている。

「騎士隊の人でさえ、油断すればツノウサギに怪我をさせられちゃう。それなら、アレンより弱いハンターはどうなると思う？」

「油断してなくても、危ないと思うんだよな、俺も」

「だからといって、ツノウサギを狩る以外にローザに残る道はないとしたら？」

サラは今日、大騒ぎをする弱いハンターたちを売店からずっと見ていたのだ。

「きっと無理をして怪我をする。そしたらポーションをたくさん使うよね」

「そういうことか」

アレンは、はっと何かに気づいた顔をした。

「今まで、決まった数だけ納めればいいやと思ってたけど、たぶん、上薬草だけでなく、薬草もたくさん納めたほうがいいと思うの」

「そうだよな。あいつら確かに俺に嫌なことをしたけど、だからって別にハンターを辞めさせたいわけじゃないんだ。勝手なことを言うようだけど、あいつらが強くなって、俺と肩を並べてくれたらって思う」

「アレン……」

サラは売店で店番をしながら、早い時間に魔物や魔石を売りに来るハンターたちを見るともなしに見ている。売店には一人で買いに来る人が多いが、たいていはパーティ単位で受付をしているのだ。

アレンは身分証を取った後も一人でダンジョンに潜っている。魔力量が多いのもあるだろうが、ローザという初心者向けではないダンジョンの町にいるのも大きいと思う。

「ねえ、アレン。アレンはもう身分証は取ったんだから、よく考えたら、ローザにこだわらなくてもいいんじゃないの？」

「うん。それはそうなんだ。だけどな」

アレンは王都のハンターギルドの様子を話してくれた。

「俺、小さいからダンジョンには入れなかったけど、ダンジョンに入る叔父さんの帰りを待って、あちこちでお手伝いをしたり、草原でスライムや小さい魔物を狩ったりして暮らしてきたんだよ。確かに王都には俺と同じくらいの年のハンターもいることはいる。けどさ」

アレンは肩を丸めた。

「結局は弱いんだよ。身分があって親がちゃんとしてる奴は、王都ではハンターよりは騎士を目指すんだ。俺くらいでハンターに登録するのは、貧しくて仕方なくなんだ。だから知り合い同士、実力も似通っていて、とても俺が入れるようなパーティじゃない。つまりさ」

アレンは一二歳とは思えない表情でふっと笑った。

「王都に行っても、俺は一人なんだよ」

それなら、なじんだローザがいいんだとアレンは笑った。

もしかしたら、サラを一人にしたくないという優しい気持ちもあるのかもしれない。自分が一人になりたくないという、打算もあるのかもしれない。それでも、ネリーが戻ってくるまでは一緒にいたいと、サラは強く思った。

「とりあえず、明日からはもう少し早起きをしてたくさん薬草を集めよう」

「そうするか」

ローザに来てからは、いつもと変わりない一日なんて一つもないような気がする。今日もかすかに聞こえる町の喧噪を子守唄にしながら、サラの一日は終わった。


朝起きて出かける前に、アレンと頭を突き合わせて薬草一覧を見ながら麻痺草の特徴を再確認する。

「私は今日は麻痺草を主に探すから、アレンは薬草と上薬草を頑張って」

「任せろ」

まだ太陽の昇り切ってないローザの街並みを二人で走っていく。

「今日は早いな！」

と言う門の兵に明るく挨拶を返し、身体強化で足を速めながら薬草を採る場所まで急いだ。

「昨日はあったテントが、今日は一つもないな」

「とりあえずギルドの宿に泊まったのかなあ。一泊五〇〇〇。ご飯が三食で二〇〇〇。一日最低でも七〇〇〇ギルが必要なんだよね。薬草が採取できればなんとかなるけど」

「スライムなら七体。ツノウサギなら二体だな」

ツノウサギの凶暴さを考えると、値段が見合わない気がする。

「そんなの、スライムを狩ったほうが楽でしょうに」

「だから、そんなに狩れないの、普通は。それに、今は草原のスライム以外は買い取ってもらえないよ」

「そもそも草原のスライムとダンジョンのスライム、どうやって区別するの？」

「だからその場で出張買い取りなんじゃないかな」

取れたてほやほやのスライムの魔石しか買わないということかと、サラはようやく理解した。

「さ、始めるよ」

サラのかごを真ん中に置いて、どんどん薬草を採取していく。魔力草は町の壁の近くの乾燥したところにあるので、いつもは街道から町の壁に向かって薬草を探しているサラだが、そちらで麻痺草を見た記憶があまりない。

「つまり、街道から町の結界のほうに行ってみる」

体を低くしながら念のために薬草一覧を手に持ち、反対の手ではてきぱきと目につく薬草を摘み取りながら、麻痺草を探す。

「茎の上部にとげがあり、採取の際はとげのない下部から折り取る。あった！」

トゲといってもバラのような硬いとげではない。例えるならオクラのような微細なとげがたくさん生えている。

「とげのないところ。ここだ」

ぽきりときれいに折れた麻痺草を、そっとかごに並べてまた採取に戻る。いつもと違う種類の薬草を、いつもよりほんの少し多く採った二人は意気揚々とギルドに出勤した。

「ヴィンスはいないから私が預かるわ」

「ありがとう、ミーナ。今日は麻痺草が入っているから、気をつけて」

「さすがサラね。さっそく依頼達成なんて」

今日こそいつもどおりの一日であってほしいと願いながら、サラは厨房に向かったが、その日の問題はサラとはあまりかかわりのないところで起きていた。

「あれ、オオルリ亭、入ってすぐ出てくる人がいる？」

「ほんとだな」

サラは物見の塔に戻る途中、オオルリ亭の入り口からそっと中をのぞいてみた。皿洗いの手伝いをするときなどは裏口から回っているのだが、店の様子を直接見てみたかったのだ。店内に客はいるが、壁の貼り紙を見てエマに話を聞き、それから外に出ていっているようだ。

いつもなら話を聞けないくらい混んでいるのだが、今日はそんなこともない。

「エマ」

「ああ、アレンかい。それにサラも」

エマは忙しくないのに疲れた顔をしている。

「今日、客少なくない？」

「貼り紙読んでごらんよ」

「ええと、オーク入荷未定につき、オークはランチのみ提供」

つまり夕食以降はオークが出ないということになる。

「オークはいつも豊富に入荷するから、在庫はあまり持ってないんだよ。ツノウサギは買えるときにまとめ買いしてるから数日の間はもつけれど、あれはどうしても値段の高い料理になっちまうからねえ。いざとなったら王都の鶏肉を使うしかないけど、あれはあんまり使いたくないし」

サラもギルドの厨房で話に聞いたことがあるだけだが、王都のほうで大量生産されている鶏肉は安価だが味が薄いうえ歯ごたえがなく、あまりおいしくないのだそうだ。

「ギルドではオークの買い取りはしないって書いてあったけど、売るのもやめてるのか」

「そうなんだよ……今日は草原に出てるハンターがいるって聞いたんだけど、ツノウサギをどのくらい納めてくれたかねえ。少しでも割安で売ってもらいたいもんだわ」

エマは悩ましそうだ。

途中で寄ってきた屋台の様子はいつもと変わらないような気がしたけれど、この調子では、いつも買う肉を挟んだパンも値上がりするかもしれないとサラは思った。

そして、すぐにそのとおりになった。

「ええ？　いつもの倍なの？」

「すまんなあ。パン自体の値段は変わらないんだが、肉が全然手に入らなくてなあ」

ギルドではそもそも売買停止なので、オークをいくら狩っても今は市場に出ないということになる。収納袋があるからとはいえ、誰もがネリーのようにワイバーン一〇頭分のものを持てるわけではない。狩らないようにしても、身を守るためについでに狩れてしまうベテランのハンターは、売れないオークが収納袋を圧迫して困っているという話も聞いた。

「貸し収納袋とかいいかも。オーク一頭五〇〇ギルで預かりますとかどうかな」

リュック型の収納袋がほとんど空っぽのサラは、迎えに来たアレンに向かってそんな冗談を言うほどだった。

「じゃあ、俺のオーク一〇頭、預かってもらえないか」

弁当を買いに来ていたハンターには冗談には聞こえなかったようだ。それほど困っているのだろう。

「い、いえ、すみません。ちょっと言ってみただけで」

サラは慌てて頭を下げた。ワイバーン三頭分の収納リュックだが、自分で狩ったことのないオークを入れるのはやはりためらいがあった。ハンターはハハッと笑うと、頭をかいた。

「冗談かなとは思ったんだけどな。でも、まじで一時的にでも預かってもらえねえかな。ほんと困ってるんだ」

ギルドにランク制みたいなものがあるのなら、ローザのダンジョンには最低ランクのハンターは入れないというようなこともできたのだろう。だが、実際にランク制などというものはない。だから稼げないハンターを排除するために、こんな遠回りなやり方がなされているのだが、それは予想以上にローザの町に混乱をもたらしていた。

「まだ問題を起こしてない下っ端ハンターを追い出して何の意味があるんだい。結局、町のあたしらが一番困ってるじゃないか。もっとも三層のあたしらなんて、困ってもどうでもいいのかもしれないけどさ」

今は客の数も減っているので手伝うこともそう多くないのだが、サラがオオルリ亭で皿洗いを手伝っていると、エマが毎日のように嘆いている。エマを遠巻きにしている従業員の様子から見て、どうやらサラの担当のお手伝いはエマの話し相手のような気もする。

「結局は、宿代が高いというか、町が狭くて住むところがないってところが問題なんじゃないのかなあ。私とアレンの場合は、身分証が取れなくて仕方なく外にいたんですけどね」

「かわいそうにねえ。ネリーとやらはいつ迎えに来るのかねえ」

「ほんとですよ。早く迎えに来ないかなあ」

他の人が遠慮して言わないこともエマはずけずけと言うのだが、悪意もないし親切だから、サラも素直に言い返すことができて気楽だった。何より、ネリーという名前を気軽に口に出せる場があることが嬉しかった。

突然の魔物買い取り禁止に、すでにローザを去る者も出てきたという。ローザの町が主催して、今なら王都までの馬車賃を安くするというキャンペーンもやっているようだ。

今日も朝の薬草採取を終えて中央門をくぐりながら、サラはため息をついた。サラたちがいくら薬草を採っても、ギルドの売店にポーションは補充されず、昨日もハンターに文句を言われたばかりだ。どうやらサラの予想したとおり草原で怪我人が続出しているようで、ポーションはそっちに回ってしまっている。

ポーションだって無料ではない。ツノウサギを狩っても、そのたびにポーションを買うような目に遭っていたら意味がないではないか。

「頭がいいような、悪いような」

「悪いんだろ。弱いハンターもひっくるめて、皆がいることで町がうまく回ってるってことに気がつかないんだからさ」

アレンだっていつまでも雑用を続けなくてはいけないことに少しイライラが募っているようだ。だからといって、草原に行ってツノウサギをやすやすと狩っているところを普段絡まれているハンターに見られたら、ますます逆恨みされて嫌がらせされることくらいアレンにもわかっている。

何もできないことにジレンマを感じているのだろう。

「ほんとあいつ余計なことをしてくれたよな。付いていかなくてよかったぜ」

「ほんとだよね」

この世界に来てから会ったイケメンにはろくな奴がいないと、リアムとテッドを思い浮かべながら思うサラである。クリスも入れてもいいかもしれない。

そしてテッドのことを考えていたせいか、ギルドには本当にテッドがいた。

「チッ」

これはアレンである。相当イライラしているなとサラは気の毒に思った。

「じゃあサラ、俺は行くな」

でも、一人置いていかれる自分もけっこう気の毒だとサラは心の中で切なさをかみしめた。

「待て、アレン」

テッドに目がいってしまい気がついていなかったが、テッドの後ろにはヴィンスがいた。ただし受付には入っておらず、今にもどこかに出かけようという風情だ。疲れているのか、いつもよりさらに無精ひげが濃い。

これ幸いとサラはそろそろと厨房へと向かおうとする。

「サラもだ」

やっぱり自分もかとサラは肩を落とした。

「端的に言う。お前ら二人、ここからしばらくは薬師ギルドに貸し出した」

サラは信じられないというように目を見開いた。一方でアレンは腕を組んで思いっきり不機嫌な顔をした。

「嫌だ。サラはともかく、なんで俺が」

「待って待って。サラはともかくって何？　アレンも私を薬師ギルドに売るの？」

「い、いや。ごめん。そういう意味じゃなくて」

アレンが慌てて言い訳をしたのでサラの気持ちは少しおさまったが、でも薬師ギルドに貸し出しとはどういうことだろう。

「テッド」

「ああ」

舌打ちしないとは、テッドは熱でもあるのではないか。そんな気持ちが伝わったのか、サラの顔を見て苛立《いらだ》ちを見せたテッドだったが、ぐっとこらえたようだ。

「最近お前たちが薬草を納める量を増やしてくれていて、薬師ギルドはその、感謝してる」

おおっとギルド内から感心するような声があがった。

「テッド、熱が」

「あるわけないだろ。あったとしても俺は薬師だ」

そういえば、ネリーが熱はポーションで下げると言っていたような気がする。

「だが、それでも足りないのが現状でな……」

テッドは苦々しげだ。

「今は薬草を採っているのは朝だけだと聞いた。丸々一日、薬草採取に当ててほしいんだ」

「丸一日……私は大丈夫だけど」

ギルドはサラがいれば助かるだろうが、いなくてもそもそも回っていたのを恩情で雇ってもらっていると知っているので心配はしていない。もっとも、ちゃんと役に立っていると自負はしている。

一日薬草を採るのは、魔の山でもよくやっていたのでおそらくできるだろう。

サラはアレンのほうを見た。

アレンはイライラしたように足先を動かしている。

「俺は、俺は草原に一日出るくらいなら、薬草を採るよりツノウサギを狩りたいんだ」

曲がりなりにもハンターである。身分証を取って数日の間とはいえ、きちんとダンジョンで魔物を狩って稼いでいたのだ。

「私はツノウサギを狩るより薬草採りのほうがいい」

サラはこうだし、人それぞれなのである。

「アレン、気持ちはわかる。だが、せっかく揉《も》め事を避けてダンジョンに潜らないようにしてた努力を、ここで無駄にしたくはないだろう」

「わかってる」

アレンは最後にたん、とつま先で床を叩くと、きっと顔を上げた。

「いいよ。俺、サラと一緒に貸し出されることにする」

やりたくないことでも、やるべきことなら嫌な気持ちも呑《の》み込んで我慢するなんて、大人でもできることではない。それこそアレンの爪の垢《あか》を煎じてテッドに飲ませたいくらいだとサラは思う。

「よし。じゃあ今から一緒に東門に行くぞ。俺の出張買い取り所を拠点にしよう」

ヴィンスがほっとしたように大きく息を吐いた。

「俺も東門に出張して、出張ポーションづくりだ」

テッドも働くようで驚いた。でも、せっかく東門に行くなら、町の中を通るより、少し遠回りしても、町の外側を行ったほうがいい。それなら、昼までにもう少し薬草が採れるだろう。

「アレン、私たち」

「わかってる。ヴィンス、俺たち、薬草を採りながら行く。別々に行って、東門で合流しようぜ」

「お、おう。それは助かるが……」

私はテッドにとりあえず今日取ってきたかごを渡した。

「代わりのかご、ある？」

「ああ。入れ替え用のやつが」

「じゃあ、交換」

「お、おう」

他に必要なものは特にない。サラはアレンと目を見合わせ、頷いた。

「じゃあ、先に出てる」

「東門でまた！」

入ったばかりのギルドを走り出る。また中央門を通って門の兵にあきれた顔をされるのがなんだかおかしくて、大変だけど面白い一日になりそうな予感がした。

いつも薬草を採っているところから、今度は東門のほうへ向けて奥のほうへと進みつつ、薬草を探す。以前東門から歩いてきたときも薬草を見かけた記憶はあるので心配はしていなかったが、誰も採っていないからか、たくさん薬草はあった。採れるだけ採って、あとは身体強化をかけながら走るように東門に進む。

「また体力がついた？　私」

「前回一緒に帰ってきたときよりよっぽど速いや」

「やったね！　あ」

そろそろ東門が見えてきた頃、草原のあちこちに人影が見え始めた。おそらくハンターだ。

「街道以外に人がいるのを初めて見たよ、ああ！」

ツノウサギをよけたのはいいけれど、その勢いで体勢を崩した人が見えた。

「だめだ！　守るには遠すぎる……」

サラのバリアは多少遠くにも広げられるし、形もある程度変えられるが、さすがにこれだけ離れていては届く気がしなかった。

「どうやら急所は外したみたいだけど、血が出てる。なんとか歩いて戻ってこられるくらいか」

「うう、怪我怖い」

サラはその様子を見ていて、思わず血の気が引く思いだった。もちろんネリーと一緒に狩りにも出ていたので、ネリーが魔物を殴る様子も見ていたし、剣を使っているのも見ているはずなのだが、あまり流血を見たことはなかった。

思い出してみるとネリーは剣で切っているというより、剣を通して殴っていたのではないか。

「一生懸命薬草を採らなきゃ」

これは気合を入れねばという気持ちになる。

東門の前には、どんと大きなテーブルを置いて、その後ろの椅子に座ってそっくり返っているヴィンスが見えた。テーブルの上にはポーションの瓶が並んでいて、足元にはおそらく、ワイバーン一〇頭分の収納袋がいくつも無造作に積み上げてあった。

そっくり返ったヴィンスは、サラとアレンに気がつくとぽかんと口を開けた。

「お前ら、俺も今来たばかりだぞ。しかも町中を通ってきたのに」

「ああ、ほら、俺、身体強化特化だから」

「なんでも身体強化で済ますなよ？」

サラはこのやり取りが懐かしくて思わずプッと噴き出した。ネリーもいつもこんなふうだった。

「だいたいサラは魔法師だろう」

「最近体力がついたので」

「体力の問題か？」

あきれたようなヴィンスの前にさっきの怪我をしたハンターが仲間の肩を借りて歩いてきた。

「あ」

思わず上げたサラの声に、サラとアレンのほうを見て眉を上げたそのハンターたちは、前にギルドでサラにも絡もうとした下っ端ハンターだ。魔力はそこそこあるのに、アレンに嫌がらせをする弱い人たちである。

しかし、今はサラにもアレンにも絡んでいる余裕はなかったらしい。

「ヴィンス、ポーションを」

「一つ二〇〇〇だ」

「……後払いで」

ヴィンスは黙ってポーションを渡した。

サラは薬草のかごを出しかけていたが、驚いてその手が止まってしまった。

ポーションは確かに安いものではない。だが、二〇〇〇ギルだ。スライム二つ分、ツノウサギなら一羽でおつりがくる。それも出せないというのなら、今日の食事や泊まるところはどうするのか。

「お前はポーションでいいとして、そっちの奴はどうする」

「俺はかすり傷だ」

ヴィンスにそう返事をしたハンターは、左腕を押さえた。服が少し破れ、血がにじんでいるのがわかる。サラは少しの間ためらったが、ポーチからタオルを出した。リアムにもらった新品のやつだ。持っていることさえなんとなく嫌だったが、ものには罪はないと捨てずにとっておいたものだ。それを細長く切っていく。

いきなり何を始めたのかと注目されてちょっと困るサラだったが、急いで切り終わると、薬草を取り上げて軽く揉む。

「ほら、手を出して」

「は？」

「怪我をしているほうの手。治るのに時間はかかるけど、薬草は直《じか》に付けても効果があるの」

恐る恐る差し出された腕の怪我に慎重に揉んだ薬草を当て、タオルで巻きながら、サラはハンターの目をのぞき込む。

「これだけツノウサギがいたら、町の結界すぐのところでも襲ってくるから。結界の中からおびき寄せて、近くに来たら攻撃するくらいの慎重さで大丈夫だと思う」

「お前に何がわかるんだよ」

確かにハンターとしてダンジョンに潜ってもいない子どもの言うことなんて、今は聞きたくもないだろう。やさぐれた言葉が返ってきたが、サラはめげなかった。

「見て」

　サラはそのハンターの怪我をしていないほうの手を引いて、草原のほうを向かせた。仲間のハンターもつられて草原に向きを変えた。

「あそこ。少し離れたところで狩りをしているパーティと、すぐそこにいるパーティ。周りにいるツノウサギの数を比べてみて」

　ハンターは遠くと近くを交互に見て、驚いたように目を見開いた。

「こんなに町の近くでも、そう変わらない数のツノウサギがいやがる」

「草原の真ん中に行くほうがたくさんいるような気がするけど、実は町の結界のそばにもたくさんいるよ。ほら、一緒に来てみて」

　サラはそのまま手を引いて結界ぎりぎりまでハンターを連れてきた。

「ダンッ」

「うわっ」

　ツノウサギの勢いに思わず体を引いたハンターだったが、ツノウサギは結界に阻まれてこちらには入ってこられない。一度結界に当たったツノウサギは、ぶつかったショックで体勢を立て直すのに少し時間がかかる。

「ほら、今、ツノウサギに隙ができているのがわかるよね」

「あ、ああ」

　逆にこちらは摩滅石さえあれば結界は自在に出入りできる。

「たくさん狩ろうと思って焦ると、無理もするし怪我もする。時間がかかっても確実に仕留めたいなら、まず安全を確保する。怪我をしなければポーションを使うこともないんです。そして誰かが囮《おとり》になってツノウサギを引き寄せる。結界に当たって体勢を崩したツノウサギを狩り、急いで結界に戻るようにする。怪我が少しよくなるまではこれでもいいんじゃないですか」

サラがハンターを見上げると、ハンターは戸惑っているようだった。

「お前。なんでこんな」

なんでこんなことを知っているのかとか、なんでこんなに親切にしてくれるんだとか、そういうことが言いたかったのかもしれない。でもサラはあえて続きを聞かなかった。

「怪我をする人を見るのは嫌だから」

にっこり笑うと、急いでヴィンスのところに戻った。あとは自分たちで考えるだろう。サラのアドバイスを素直に聞けるなら少しは楽になるだろうが、聞く気がないのならそこまでは責任が持てない。

「サラ。聞かれてもいないのに、余計なことはしなくていい。親切でやっていても、相手がそう受け取るとは限らないんだぞ。それにあいつら、アレンに子どもっぽい嫌がらせをした奴らだってわかってんだろ」

ヴィンスの言うことはもっともだ。だが、実際に人が怪我をしているのを見たら、黙ったままではいられなかった。

「ヴィンス、どうしてヴィンスは教えてあげないの？　ヴィンスなら、どう倒したら効率的かわかってるでしょ？」

サラが教えたようなことは、当然ヴィンスはわかっているはずだ。サラは悲しそうな顔でヴィンスに詰め寄った。

ヴィンスは少し困った顔をした。どう説明したらいいのか悩んでいるようだ。

「ハンターなんざ、そもそも人に甘えていたら結局はいつか痛い目に遭うんだよ。今この苦境を自分で乗り越えられない奴が、たまたま生き残ったとする。そいつはそれで調子に乗って、自分のレベルに合わないローザのようなダンジョンに潜って結局自滅するんだ。あるいはひねくれて人に嫌がらせをするような奴になる。アレンがやられたようにな」

「でも」

「俺はわざわざここにいる。何のためだと思う」

厳しいことを言っているようだが、ヴィンスの声は優しかった。

「あいつらが、ギルドまでの行き帰りの時間を使わないで済むように、その間にも一羽でも多くのツノウサギが狩れるようにだ。そして、ギルドの受付でもそうしているように、どうしたらいいか相談に来る奴にはちゃんとコツを話してやるつもりでここにいる。ま、現実には聞きに来たりしないんだがな」

サラはアレンを見た。アレンだって、サラが薬草について教えたから、今こうして薬草採取で稼げている。つまり、誰かが教えないとできないこともあるのではないか。

「サラ、俺はもちろんサラに感謝してる。だけど、俺はちゃんと、自分からサラにお願いしたはずだ。薬草について教えてくれって」

サラはハッとした。アレンはいつもそうだ。知りたいことがあればきちんと聞くし、きちんと対価を払おうとする。サラから薬草の知識を得たけれど、その分サラはアレンからローザの町の知識とこの世界の常識を教えてもらったのだ。

「ここでは下っ端なんて言われているが、名をあげたい気持ちで来たにしても稼ごうと思ったにしても、ある程度の力があったからこそローザに来たはずなんだ。それなのに、焦るばかりで、少しずつでも自分の力を上げていく努力をしねえ」

ヴィンスは嘆かわしいと言いたげに草原のハンターたちを眺めた。

「俺は今回のローザの町の試み、面倒ではあるが、必要なことかもしれねえって思ってるよ。ローザじゃないところだったら、なんとか暮らせるんだからな。しかも下っ端と馬鹿にされずにさ」

そうかもしれない。でも、怪我をしてもポーションすら買えないのを見るのはやっぱりつらいのだ。

それでもサラは、ヴィンスの言うことをもっともだとも感じた。自分だってなんとかローザの町に居場所を見つけたばかりなのだ。人におせっかいを焼いている場合ではない。

草原に目をやると、また別のパーティがやられているのが見えた。工夫すればもう少し上手に狩りができるのにとつい思ってしまう。だから、何気ないヴィンスの質問に、サラはうっかりそのまま答えてしまっていた。

「サラ、あのパーティについてどう思う」

「おそらくあの人たちはどちらかというと身体強化型だと思います。だけど、ツノウサギの動きに対応しきれていないから、飛びかかってこられて初めて体が動くので、よけるので精一杯ですね。それなら短時間でも身体強化をしっかり使って、自分の体でツノウサギを受け止める。受け止めたツノウサギが地面で体勢を崩したところを狙ってとどめを刺せばいい」

「ふむ」

別のところでは、ツノウサギに向けて炎の魔法を使っている人がいる。サラは魔法を使っている人を初めて見たので、驚いて目を見開いた。でも、炎そのものが弱いし、当たるとすぐに消えてしまうので、ツノウサギは驚いて逃げていくばかりでとどめを刺せていない。ヴィンスがサラの視線を追ってさっきと同じような質問をした。

「では、あっちの魔法師についてはどう思う？」

サラならどうするか。サラは基本的にはスライム以外の魔物を積極的に攻撃したりはしない。だが、身を守るためにはどうすべきかは常に考えている。

「もし魔法を使うのなら、もう少し離れたところから狙います。飛びつかれてからでは焦点を定めるのが難しい。毛皮が焦げないように、そして一瞬で仕留められるように、高温の小さい炎を頭部か、できれば目に。でなければ、氷の刃《やいば》か、風の刃で首を落とす」

「その高温の炎を、そこのスライムに当ててみろ」

「スライム」

スライムなら倒してもいい。サラはヴィンスの指さした方向を見た。方向を定めるため、すっと手を伸ばす。

「炎、行け」

ジュッと音を立てて結界の外にいたスライムが消えた。

「いやいや、私、薬草を採りに来たのに！　何をしてるの」

サラはハッとして思わず自分に突っ込んでしまった。くるりと振り返ると、アレンもヴィンスもなんとも言えない表情でサラを見ている。とりあえず、魔物の命でも無駄にしてはいけないとネリーに厳しく言われているサラは、スライムの魔石を取りに行った。さっと拾ってポーチにしまう。

「ダンッ」

もちろん、町の結界を出たとたんツノウサギに襲われたが、バリアを張っているので怪我などしない。むしろ、先ほど助けたハンターのパーティが心配して声をかけてきたくらいだ。

「危ないぞ！　お、結界ではじかれたか。お前こそ無理すんなよ」

「うん！」

どうやらツノウサギが町の結界に当たったと勘違いしてくれたようだ。サラはさりげなくヴィンスとアレンのもとに戻ってきた。アレンがやれやれという顔でぼやいた。

「サラ、お前、なんでダンジョンに入らないんだよ」

「ええと、魔物が怖いから？」

「嘘《うそ》だろ。だってツノウサギのこととかまったく怖がってないぞ」

怖がっていないと言われて考えてみると、確かにスライムやツノウサギは怖くない。一番怖かったのは高山オオカミだが、高山オオカミに襲われたとしても今ははじくことができる。サラのバリアはワイバーンだってはじくのだから。

「ええと、確かにツノウサギは怖くないけど、でもウサギだし」

「ウサギは理由にならない。魔物は魔物だし」

どうやらこの世界ではウサギは愛玩動物ではないらしい。それならと逆にサラは聞いてみることにした。

「じゃあ、ここらへんで一番怖い魔物ってなんですか」

「ここらへんって言っても、場所によって違うんでなあ。例えば草原だとツノウサギだな。ローザのダンジョンに入るといろいろだが、強さではワイバーン」

「ワイバーン」

ワイバーンなら大丈夫だ。

「なんでほっとしたような顔してるんだよ。ワイバーンは大きくて空を飛ぶ上に、真上や背後から襲ってくるし、剣もなかなか通らないから大変なんだぞ。そもそもハンター以外見たことはないはずだ」

ヴィンスは胸のギルドマークを指さして説明してくれた。ワイバーンの意匠であることは知っていたが、改めて見るとなかなかかっこいい。ヴィンスにはあきれられたが、倒すのではなくよけるという意味では実際大丈夫なのである。そんなサラの隣でアレンが何かを思いついたようだ。

「俺はまだワイバーンが出るところまで行ってないから見たことがないけど、今のところダンジョンで嫌なのはベニオオムカデだなあ。まず大きいし見かけが嫌だし、硬いし、殴りたくない」

サラはぴきっと固まった。魔の山にはワイバーンも高山オオカミもコカトリスもいたが、虫系の魔物は見かけなかったような気がする。すごく苦手というわけではないのだが、大きいムカデはちょっとごめんこうむりたい。

「ああ、地下ダンジョンの宿命というか、あれは苦手な奴は苦手だよなあ。だが素材としては優秀だしな。おい、サラ？」

「ムカデ、怖い」

ヴィンスはしまったという顔をしたがもう遅い。これでサラはハンターを目指そうという気持ちが限りなくゼロに近づいたと言える。

「だ、だがな、ベニオオムカデなら、節と節の間にさっきみたいな魔法を撃ち込めば一発だぞ。遠くから狙えば触る必要もないしな。うん、怖くない」

ヴィンスは、そう言うとアレンの背中をドンとどついた。

「なんだよ、あっ」

そしてやっとサラが青い顔をしているのに気がついたようだ。

「だ、大丈夫だぞ。そう、怖いというより、ちょっと足が多くて気持ち悪いとか、ギチギチうるさいとかいうくらいで、いてっ」

どやされているアレンを横目で見ながら、サラはやっぱり地下ダンジョンに行くのはやめようと思うのだった。

「そもそも、ネリーと一緒に生きていくことしか考えてなくて、どんな仕事をしようとかは考えたことがなかったんです。とりあえず薬草がたくさん生えている場所に住んでいたから、薬草を売りながら、ゆっくり考えようって。ネリーと一緒に町に住むことも考えてたのに」

ローザの町でも王都でも、一緒ならどこでもよかった。

「町に出てから、なりたいものを考えればいいと思ってたので、ハンターも含めて、まだ何になるか決めてないんです。それなのにダンジョンに入るとか、ないです」

「そうなのか」

ヴィンスが顎《あご》の無精ひげに手を当てながら納得したように頷いた。

「それなら、ハンターという選択肢も、まだ捨てないで取っておいてくれ。リアムのとこで侍女になるよりはハンターのほうがましなんだろ」

「うーん。王都でネリーと暮らしながら、昼だけ通えるなら行ってもいいかな」

侍女というものを思い浮かべると、少なくともあのパリッとした服を着てきぱきと働くということに憧れはある。

「嘘だろ。あんな胡散臭《うさんくさ》い奴の家で働くよりハンターのほうが絶対いいって」

ネリーだけでなく、知り合った人が全員ハンター推しなのはなぜだろう。もっとも薬師ギルドに聞いたら薬草を採ってくれと言うだろうし、エマに聞いたら店の手伝いをしてくれと言われると思うと、なんとなく楽しい気持ちになる。

「おーい！　薬草は採ってきたかー」

その楽しい気持ちを台無しにするかのように、門の上からテッドの声がした。東門に振り向いてみると、門は大きく開け放たれていた。といっても中央門よりは狭い。馬車ならすれ違えないくらいだ。

「ここまで取りには来ないんだよな、あいつ」

「テッドだもの」

「散々な言われようだな。あれでも王都では優秀な薬師だったらしいぞ」

ヴィンスはそう言うが、テッドの普段の行いを見る限り、そんな噂は嘘だと思う。テッドには別に会いたくはなかったけれど、門には登ってみたかったので、サラとアレンは二人で薬草を届けに行った。門の内側の左右の壁にドアがあって、そこも大きく開け放たれていた。

「物見の塔と同じだ。俺たちのいるところも、当時はこうして木のドアが付いていたんだろうな」

「でも、中は螺旋階段じゃないよ」

ドアを入るとそこは狭いながらも部屋になっており、中の壁に沿って普通に階段があり、二階、三階と続いているようだった。

「薬草を届けに来ました」

「テッドなら五階の作業部屋にいるよ」

「五階！　下でやってくれよ」

アレンは嘆いたが、それでも飛ぶように階段を上っていった。サラはゆっくりと周りの様子を眺めながら付いていく。町の壁は、中に部屋を作っても十分なほど厚いのだと感心する思いだ。確かに、二層にある物見の塔の広さからいって、二層もずいぶん厚いなとは思っていた。そして、それほどに厚い壁を作らなければと思わせた魔物のことを思うと背筋が寒くなるような思いがした。

アレンの話を聞いても、単なるおとぎ話のようにしか思えなかったのだ。

五階分階段を上がると、ベッドがいくつか置いてある仮眠部屋になっていて、そこにある机でテッドは作業していた。

サラにわかるのはすり鉢のようなものとボウルと携帯用のコンロと鍋だけだ。ガラスのビーカーとか、くるくる巻かれた器具とか、特別に薬師っぽいものは見当たらなくてがっかりした。

「こっちが出来上がったポーション。悪いが、集めた薬草はこまめに持ってきてくれ」

薬師の顔をしたテッドは、嫌味も何もなく普通にしゃべる青年だった。サラとアレンは毒気を抜かれて素直に薬草を渡すと静かに階段を下り、なんとなく呆然《ぼうぜん》としてヴィンスのところに戻ってきた。もう一回か二回分上れば門の上だったのにと気がついたのはヴィンスにこう聞かれたからだ。

「壁の上からの景色はどうだった？」

「まじめなテッドに驚きすぎて忘れてました」

そんな一幕もありながら、サラとアレンはハンターたちを眺めながら薬草採取を続けた。

「あ、ヴィンスのところに来た人たち、ポーションをもらいに来たんじゃなくて、ヴィンスに話を聞いてるよ。最初のパーティの人たちのこと、指さしてる」

「ようやっとヴィンスにアドバイスをもらう気になったんだな。今頃かよ」

アレンはあきれたようにそう言ったが、なんでアレンは他のハンターと違って、人に素直に質問ができるのだろう。隣り合って薬草を摘みながら、サラは聞いてみた。

「ああ、叔父さんがそういう人だったんだよ」

「強い魔法師だったって言ってなかった？」

「うん。強かった。そして素直だったよ。おいしい、楽しい、悲しいことは素直にそう言ったし、わからないことがあったらすぐ聞くんだ。時には人に嫌がられることもあったけど、自分から前に行ったほうが絶対いろいろな知識を手に入れられる。情報にはちゃんと対価を払うことも叔父さんに教わったんだ」

サラはネリーを思い浮かべた。ネリー自身は本当に大切なこと以外、ほとんど何も口にしなかった。いや、本当に大切なこともたいして口にしていないなとサラは思わずため息をつきそうになったが、だからこそ、今口に出すことの大切さを学んでいるところなのだ。

「その対価が行き過ぎて、結局だまされることになっちゃったんだけど、それでも俺は、自分から前に出て人の話はちゃんと聞いたほうがいいと思うんだ」

「そうだよね、話をちゃんと聞くことは大事だよね」

サラも大きく頷いた。

そうしている間にも、ヴィンスにアドバイスをもらったパーティが結界際で狩り始めた。コツをつかむまでは時間がかかるけれど、安全に確実に狩れることに気がついてくれたようだ。

「ほらね」

サラは腕を組んで胸を張った。

「サラが自慢する気持ちもわかるけどさ」

ヴィンスには余計なおせっかいはするなと声をかけられたけど、人は時には誰かに手助けしてほしいこともある。

その日の終わりには、どうやらツノウサギを売って十分なお金を手にする者も出てきた。町の食堂にもツノウサギが少しは卸されることだろう。エマも一安心である。

「お前。サラだったか」

サラが怪我に薬草を巻いてあげたハンターがやってきた。

「腕はどう？」

「治ったような気がするが見てくれるか」

「仲間にやってもらえよ」

アレンがぶつぶつ言っているが、サラは巻いたタオルを外してあげた。

「ああ、治ってる。私の靴ずれも薬草を当ててるだけで治ったんだよ」

「靴ずれと一緒にすんなよな。でも、ありがとう。助かったよ」

一〇代後半と思われるそのハンターは、素直にお礼を言ってくれた。そしてアレンに向き直り、口を引き結んだ。

「おい、アレン」

「なんだよ」

アレンは嫌がらせを受けたことを忘れていないのか、そっぽを向いたまま返事をした。サラはアレンを守るように少し身を寄せた。

「すまなかったな」

「え？」

アレンは驚いてそのハンターに顔を向けた。

「すまなかった。魔力量が多くて、まだ子どものくせにそれを十分使いこなしてるアレンがうらやましくてたまらなかった。俺たちだってけっこう魔力量は多いんだ。それなのにうまく使えなくて、空回りして、お前に八つ当たりしたんだ」

「おう」

すまなかったと言われても、そう簡単に許すと言えるものではない。一言だけでも返事ができたのは偉いとサラは思う。気持ちの問題もあるが、アレンの稼ぎに換算すると、実際かなりの被害が出ている。

「けど、これで終わりだ。俺たちは明日、ローザを出るつもりだ」

「えっ。どうして？　今日、けっこうツノウサギを狩れてたよね？」

サラは自分がやり方を教えたものだから、ちらちらと彼らの成果を眺めていたのだ。

「実はポーションもだけど、ギルドの宿もツケでお願いしててさ。今日の成果で借りを払ったら、王都までの馬車代だけで精一杯なんだ」

「だって、これから稼いだらいいんじゃないの？」

今日のペースでツノウサギを狩っていたら、そこそこギルも貯まっていくはずだ。

残りの二人も来て首を横に振った。

「ツノウサギのやり方はなんとなくわかってきた。けど、ここをしのいでまたローザのダンジョンに潜ったとき、俺たちはまた焦って空回りしそうな気がするんだ。それなら、王都の自分の実力に見合ったところで一からやり直そうって、さっき相談してさ」

そういう気持ちになれたのなら、それは大丈夫ということなのだろう。

「なあ、あんたら、それだけの気持ちがあるんだったら、なんでヴィンスに相談しないんだよ」

アレンが相変わらずそっぽを向いたまま、ハンターたちに話しかけている。

「ヴィンスに？」

副ギルド長に相談なんてできるわけないだろうという気持ちが伝わってくる。

「あんたら仲間がいるからわからないんかもしれないけどな、一人でいたら、他の人から話を聞いて学ぶ以外にどうしようもないんだよ」

アレンは叔父さんが亡くなってからずっと一人だったのだ。

「遠慮とか、そういうこと、どうでもいいんだ」

どうでもよくはない。

「嫌がられても、食い下がれば何かしらの情報は手に入る。ましてヴィンスは嫌がったりしない。聞けばちゃんと情報も戦い方も教えてくれる、親切な人だぞ」

皆でヴィンスのほうを見ればヴィンスが照れくさそうに片手を上げている。

「けど、俺たち厄介者で」

「ローザの町は、魔物をきちんと狩れる奴は歓迎するぞ。やる気があって成長しそうな奴もな。ただし、やさぐれて自分から駄目になっていくような奴はいらない」

ハンターたちは本当はローザの町でもう少し頑張りたいのだろう。一度決めたことのはずなのに、気持ちが揺らいでいるのがわかる。

「サラ」

「アレン?」

アレンはサラを引っ張って横にずれた。

「あのさ、俺たちの物見の塔さ、詰め込めばもう何人か入ると思うんだ。ローザの町が、このよくわからない対策をやめるまでの間でいいから、もし、サラが我慢できるならだけど」

あのハンターたちを物見の塔に泊めてもいいのかと言いたいのだろう。三人分の宿泊代が浮けば、それだけ長く持ちこたえることができて、今後のことを考える余裕もできる。

「もともとアレンが許可をもらったところに、私がお邪魔しているみたいなものだよ。アレンがいいなら、私は大丈夫。けっこう広かったもんね」

「ありがとう」

正直に言うと、アレンと二人のほうが気楽だ。でも、トラブルになっていた相手と和解できていい関係になれるなら、それに越したことはない。サラは東門のほうを眺めた。

特に和解しなくてもいい相手もいるけれどと思いながら。

アレンの誘いに、三人は心底驚いたという顔をした。

「本当にいいのか」

「ああ。ただし言っとくけど、石の床と屋根があるだけだからな。吹きっさらしだぞ」

「それはテントと同じだから大丈夫だが」

そうしてその日の終わり、アレンとサラは三人のハンターを連れて物見の塔に戻ることになった。


付いてきた三人組のハンターは、エマに気まずそうに挨拶した後、物見の塔の螺旋階段を上り切って感嘆の声をあげた。気まずそうだった理由は、アレンに意地悪した自覚があるからだろう。

「秘密基地みたいだ」

「実態は寒いだけの殺風景な部屋だ」

アレンはそれでも得意そうに鼻の頭をこすった。

寒さよけにと、各自で小さい一人用のテントを張ってもまだ少し隙間があるくらいだった。ただし、一緒の部屋で休むにはサラには外せない条件があった。

「絶対体を拭かなければだめか」

「だめです」

それでも不思議な顔でお湯を受け取り、テントの中で体を拭くと、皆さっぱりして気持ちよさそうだった。

「夕ご飯は仲直り記念ということで、私のおごりです」

「ありがたいけど、ギルドのお弁当か？」

不思議そうな三人にアレンが説明する。

「中身はサラが作り直してあるんだよ」

なぜアレンが自慢げなのか。そして若干不安そうだった三人は、一口食べると勢いよく残りを口にし始めた。

サラも自分のお弁当を食べながら、お湯を沸かし、食後のお茶も用意する。

お弁当を食べ終え、小さな明かりの灯《とも》る部屋にお茶のいい匂いが漂った。

「お砂糖は？」

「いる！」

即答である。体もきれいになって、満腹になりお茶も飲んですっかりくつろいだハンターたちは、静かに携帯コンロや鍋を片付けるサラを不思議そうな目で見た。

「なんていうか、お前、すごくちぐはぐだよな」

「ちぐはぐ？」

そんなこと初めて言われたサラである。

「保護者に捨てられたってもっぱらの評判で、それなのに落ち着いてて。こうして持っているものや振る舞いとかを見ると裕福なうちの出なんだろうなと思うけど、そのくせ毎日ギルドで下働きしてて、何でも自分でこなすし」

サラは裕福な家の出ではない。こちらに来たときは無一文で、山小屋はごみだらけだったし、食事は単調だった。持っているものといわれても、キャンプ道具などは、ネリーの言うがままに購入していただけで、値段の相場を知っていたらもっと安いものを買っていたと思う。

「普通だよ、普通」

日本で暮らしていたときも、体力のないだけの普通の人だった。この世界に来てからも、大人になるまでにいろいろ学んでいる途中の普通の子どもだ。

「確かに、保護者が戻ってこないけど」

これはけっこう、普通ではないなあと思う。

「でも、捨てられたんじゃないよ。何かの理由で戻ってこられないだけだもの」

何度言っても言い訳じみて感じられるのがちょっと切ないサラである。

「そ、そうか」

案の定、どう言ったらいいものかという困惑した反応しか返ってこなかった。しかしもうそんな反応には慣れているので、サラは片付け物をしたらさっさと寝てしまった。その後、皆はまだ起きておしゃべりをしていたようだが、一日中外にいたサラは疲れていたのかすぐに寝ついた。

朝はパンをかじりながら、町中を突っ切って東門に向かう。サラもアレンも朝からこのツノウサギ狩りを見たのは初めてだが、すでにヴィンスが来ていたのには感心した。ツノウサギも昨日本当に狩られたのかというくらいあちこちでたくさん跳ねている。

さっそく昨日のように狩りに出たハンター三人組を見送るアレンが大きなため息をついた。

「ああ、俺も狩りに出たい」

よく考えたら、絡まれていた問題のグループと和解できたのだから、もうアレンが出てもいいのではないだろうか。しかし、アレンは首を横に振った。

「あいつらだけじゃないし、あいつらは口だけでダンジョンで邪魔はしてこなかったからましなほうだ。追い出される奴らには悪いけど、この騒動で、面倒な奴らがいなくなってくれたらって正直思ってる」

それなら仕方がない。それに、一日中二人で頑張って薬草を採っていると、普段の三倍はいく。つまり、収入もそこそこなのである。もし草原のハンターたちがサラに薬草の採り方を教えてくれと言ってくるなら、もちろん教えてあげようと意気込んでいたサラだが、誰も申し出てくれなくてちょっとがっかりもした。

「薬草ってけっこう稼げるんだよ」

仕方がないのでアレンにぼやいておく。

「そうだな」

「これで生きていけると思うんだ」

「そうだけどな。生きていけるなら、やっぱり自分が胸躍ることで働きたいだろ」

そう答えるアレンは、薬草採取に心が躍らないらしい。

「そういえばそうか。私だって、ハンターに心躍らないもの。あ」

目の端に揺らぐ影が映る。サラは視線を動かさないように少し手を上げた。

「サラ？」

「炎、圧縮、追尾。行け」

シュッと曲がった炎は結界の端にちらちらしていた迷いスライムに見事に当たった。サラの小さい炎は、草原のハンターの目は引かなかったと思う。サラはさっさと迷いスライムの魔石を拾ってきた。日に透かすとオパールのようなきらめきが美しい。

「ヴィンス、これ、いります？」

「サラ、お前今何をした」

ヴィンスが唖然《あぜん》としている。

「え、炎を、シュッて」

「曲がらなかったか？　なあ、曲がらなかったか？」

サラとアレンが近くで薬草採取をしていたので、見るともなしに見ていたらしい。

「はい」

「どうやってだ」

「どうやってって言われても」

サラは収納ポーチから、魔法の教本を取り出した。

「ここ、最初に。魔力は自分の思い描いたとおりの力になる。自分の魔力量に応じて、無理せず、自由にって書いてありますよね。だから、炎の魔法に『目標を追いかけろ』という力を足すんです」

サラは魔法の教本をしまった。この教本には本当にお世話になっている。

「そうすると、一度目視できた魔物なら、魔法が追いかけてくれるから、迷いスライムだって外れ

ないんですよ」

「魔物を追いかけろって、そんな自由すぎるだろ」

なんだか理解が追いついていないようだが、サラだって何か理論立ててやっているわけではない。

ただ、追尾し撃破する画像を見たことがあるからイメージしやすかったという、それだけのことだ。

「いいか、サラ。またネリーとやらが余計なことを教えたか教えなかったかのどちらかだと思うんだが、俺が正しい知識を教えておいてやる。魔法は曲がらない」

ヴィンスの目が据わっているような気がする。

「え、ええ？」

「火の魔法はあんなに小さくない。そして魔物を追いかけない」

「そ、そうなんですね」

「魔法師の先輩としてはっきり言わせてもらう」

やっぱりヴィンスの目は据わっていた。

「あとで俺にもやり方を教えろ」

「は、はい！」

もっと叱られるかと思って緊張して損をしたと思うサラである。ヴィンスはふうと大きく息を吐くと、いつものだるそうな顔に戻った。

「スライムの魔石についていえば、東門から北ダンジョンまでの平原で狩ったスライムは買えることになってるから、それを買うことは可能だ。だが、下っ端が迷いスライムを狩ったという記録を残したくないから、この騒動が終わるまで持っていてくれるか」

「はい、大丈夫です」

「まあ、薬草でしっかり稼いでるもんなあ。稼ぐだけなら、本当にいろいろなやり方があるって、サラを見てたらわかりそうなもんだけどな」

確かにしっかり稼いでいるので、サラはふんと胸を張った。

「でも、胸躍ることで働きたいって、アレンが言ってたから、そうなんでしょう。私は薬草採取が楽しいです」

「俺はハンターのほうが楽しい」

「そうね」

横でヴィンスがなんだか楽しそうに笑った。

「おーい」

「おーい」

その時、門の上から兵の声がした。

「ワタヒツジが来るぞー」

「ハンターは大丈夫かー」

「ワタヒツジか！　サラ、お前ちょっと店番をしてろ！」

「ええ？　むり、あ」

ヴィンスは軽い足取りで門のほうへ走っていってしまった。

「大丈夫かな。けっこうな年だろ」

「いやいや、東門に朝から来られるだけの体力がある人だから」

誰かツノウサギを売りに来たらどうしようとドキドキしながら、サラは早くヴィンスが帰ってきますようにと祈った。

振り返ると門の上では、兵の隣でヴィンスが魔の山のほうをじっと見ている。その視線の先を追ってみると、すでに白い影が見えるようになってきた。

「あれがワタヒツジ」

アレンにはもっとはっきり見えているようだ。

サラやヴィンスにアドバイスをもらって素直に聞いた者たちは、東門のすぐ近くでツノウサギを狩っていたが、そうでないものは、魔の山のほうに向かってけっこう広がっていた。

「呼び戻したほうがいいんじゃないかな」

サラは自分がワタヒツジの群れに巻き込まれたときのことを思い出して不安になった。あの時サラは結界で守られていたから、周りをワタヒツジの群れが流れていくのをただぼんやり眺めていただけで済んだが、もし結界がなかったらと考えると、背筋を寒いものが駆け上った。

ワタヒツジにツノウサギが飛びかかったときのことを思い出す。毛皮に刺さったウサギをワタヒツジは気にしもしなかった。ツノウサギはそのまま群れに飲み込まれ、つぶれたか踏みつぶされたかしてしまったのではなかったか。

そもそもサラの知っている羊よりも一回り以上大きく、もし群れの中にいたら、サラが立った状態で首から上がなんとか出るくらいだろう。その大きさに見合う体重があるとしたら、うっかり踏まれただけでも、足が砕けてしまいかねない。

危険だ。

「おーい！　戻れ！　ワタヒツジだ！」

ヴィンスのよく通る声が響く。草原の向こうに届いただろうか。少なくとも、町の結界からそのくらい離れてツノウサギを狩れるハンターなら、なんとかしのげるはずなのだが。

「結界箱があるのなら、その場で使ってってって言って！」

サラは壁の上のヴィンスに叫んだ。

「そんなの下っ端が持ってるわけねえだろ！」

サラは収納ポーチを押さえて、アレンに聞いた。

「そうなの」

アレンが仕方がない奴だという顔をして頷いたので、最初に会ったときどう思われたのかとても気になるサラであった。

そうこうしているうちに、草原からハンターたちがばらばらと戻ってきた。その後を追うように、ワタヒツジの白い群れが波のように押し寄せてくる。ヴィンスも門の上から下りてきた。

「よし、戻ってきてるな。いや、足りねえ」

ヴィンスは何組のハンターが草原に出ているか把握していたようだ。戻ってきたハンターの一人が、草原を心配そうに見ながらヴィンスに報告している。

「あいつらなら、ツノウサギに慣れてきたとか言ってかなり町から離れていたから」

「まずいな。ワタヒツジに巻き込まれて冷静でいられればいいが、そうでなかったら」

どうなるかは想像がついた。

「いや、ヴィンス。見ろよ、けっこう近くにいるぜ」

その声に皆一斉に草原のほうに振り向いた。確かに、目に見えるところに三人、一ヶ所に固まって、周りを羊の群れが通り過ぎていくのを呆然と見ている。

「あ、押されてる。ワタヒツジの群れと一緒に流されてるぞ」

一見のどかな光景に見えるが、うっかり転んだりしたらワタヒツジに踏みつぶされる。流れに逆らって踏まれたら足が砕ける。それに永遠に歩き続けるわけにはいかない。ワタヒツジは町の結界にも平気でゴンゴンぶつかりつつ、真っ青なハンターたちを連れ去ろうとしていた。

「くそっ。助けに行かないと」

何人かが助けに行こうと動き出した。だがヴィンスが制止した。

「だめだ。巻き込まれる」

「俺たちが下っ端だからか？　だったらヴィンスが行ってくれよ！」

「無理だ」

ヴィンスは一言で切り捨てた。

「ジェイやネフェルタリくらいならなんとかごり押しで行けるかもしれねえ。だが、強いハンターでもワタヒツジの群れの力にはかなわねえよ」

「そんな」

愕然《がくぜん》とするハンターの横を、ワタヒツジがゆったりと通り過ぎていく。

そこをアレンが歩き出した。

「アレン！　駄目だ！」

それに気づいてヴィンスが止めようとする。

「ここで身体強化が一番強いのはたぶん俺だ。俺なら転んでも、身体強化でしばらく耐えられる。行ってくる」

アレンは振り向きもせず歩き始めた。サラは肩をすくめ、走り寄った。アレンなら行くだろうなと思っていたからだ。

「アレン」

「サラ、無理するな」

「私が一番適任だって知ってるでしょ」

気楽なサラに、アレンは苦しい顔をした。

「だけど、サラを怪我させたら、ネリーって人が悲しむだろ。家族は大事なんだぞ」

その言葉にはサラを心配する気持ちと、自分には家族がいないからどうにでもなるという少し投げやりな気持ちも混じっているように感じられた。

「アレンが怪我をしたら、私が悲しいから」

「サラ」

アレンは立ち止まり、少しうつむくと、体の横でぐっと握りこぶしを作った。

後ろからは、サラが止めてくれたという安堵《あんど》の雰囲気が感じられて、サラは申し訳なく思う。

「正直、サラのほうがやれる。俺ではできるかどうか」

サラを巻き込んでいいのかどうかまだ悩んでいるようだ。

「どうせ行くつもりだったよ、私。アレンが行かなくても」

アレンがはっと顔を上げた。

「ネリーはね、きっとこう言うよ。自分の思うとおりにやりなさいって」

サラにはネリーがどんな顔をするかまで思い浮かぶ。ちょっと困って、でもサラの成長が嬉しいという顔をするのだ。

止まったままお互いの顔を見て、にっこりと笑ったサラとアレンを見て、安心したヴィンスには申し訳ないけれども。

「行くか」

「行こう」

二人は町の結界をあっさりと越えると、ワタヒツジの群れの中にするりと分け入った。

「やめろー！」

ヴィンスの悲痛な声が響く中、まるで街道を散歩しているかのように気軽に。

ワタヒツジに巻き込まれ、消えていく二人を誰もが想像しただろう。しかし現実は違った。

「面白いように避けていくな」

「なんだか固い奴が押してきたなくらいに思ってるのかな」

サラのバリアで押されたワタヒツジは迷惑そうな顔をしながらも自然と空間を作っていく。

「巻き込まれた人のところまで、慎重に慎重に」

「ワタヒツジが変な動きをしてあの人たちが巻き込まれたらせっかく助けに来たかいがないものね」

羊の群れと一緒に歩きながら、川の流れを泳いで横切るように、少しずつハンターたちのほうに移動する。

「見て、ヴィンスが」

「心配でついてきてくれてるんだな。ほんとにいい人だよ、ヴィンスは」

「本人には言えないけどね」

ヴィンスは隙があればワタシヒツジの間に入ろうとしながら、にこやかに歩いている二人に、何をやっているんだというあきれた顔を見せている。一緒に塔に泊まってるハンターたちも心配そうに付いてきてくれている。

そんなヴィンスたちに手を振って眉間にしわを寄せられながらも、ハンターたちに近づきつつ、サラはバリアの範囲を少しずつ広げていく。ハンターたちが焦って振り返ったとき、ワタヒツジに巻き込まれないように。

やっと追いついて、サラがバリアの範囲にハンターたちを完全に入れた後、アレンはやっと声をかけた。

「助けに来たぞ」

その声に驚いて、ハンターたちはやっぱり体勢を崩したので、慎重に進んで正解だった。

「お前、アレン！」

なぜアレンが来たのかという純粋な驚きと、嫌な奴が来たという不快さが入り交じった声だった。

だけどおあいにくさま、こっちも嫌いだからと、サラはアレンの隣で態度の悪いハンターたちにぷりぷりと怒りをたぎらせていた。

しかし、当のアレンは平然としている。

「いいか、今ここは、結界箱の中に入ったのと同じ状態になっている。つべこべ言わずに、俺たちと同じ行動をして、ワタヒツジの群れを抜け出すんだ」

そしてなぜアレンが来たのか、そしてなぜ自分たちは急に楽になったのかという疑問を抱かせないように、端的に状況を説明している。もちろん、サラのバリアのことを悟られないように注意しながらだ。

「だけどな」

「つべこべ言わずにだ。このまま王都まで歩き続けたいのかよ」

「くっ」

実際は夜になれば群れは止まるだろうが、そうだとしてもこれから日没まで半日以上、群れに巻き込まれないように緊張しながら歩き続けるのは相当大変なはずだ。今だって圧迫感は相当なものであったと思われる。少しの逡巡《しゅんじゅん》の後、ハンターたちは素直に頷いた。

「わかった」

「じゃあ俺たちの後ろに回れ」

ハンターと前後を入れ替わり、川の流れに乗って岸に寄っていくように、ワタヒツジの流れの中をローザの町の結界に少しずつ近づいていく。

焦らず、焦らず。

やがてヴィンスの姿が近くなり、結界側の羊が一匹もいなくなったとき、サラたちはすっと町の結界の中に戻ってきた。念のためにそのまま街道まで進む。

あまりに何気ない感じで結界まで戻ってきたことに、ハンターたちは信じられないというように左右を見渡した。

「戻ってこられたのか、俺たち」

「そのようだな。お前ら、ちょっとツノウサギの狩りがうまくいってるからって調子に乗りすぎだ」

ヴィンスは乱暴な口調で叱りつけると、三人のハンターを東門のほうに引き立てていった。付いてきていたハンターたちは、サラとアレンの無事を目で確かめると、何もなかったような顔でヴィンスと一緒に戻っていった。

サラとアレンはそのままその場に残った。アレンは苦笑して肩をすくめた。

「もう少しここにいようか」

「なら、せっかくだから薬草を採ろうよ」

「俺たち働き者だよな」

アレンとサラは、まるで最初からここに薬草を採りに来たというような顔で採取を始めた。

羊の群れの移動はまだ続いている。これではまだしばらくはツノウサギ狩りは再開できないだろうなとサラはそれをぼんやりと眺めた。

ヴィンスは、サラが草原に出ても大丈夫なことはこの間の騎士の事件で知っている。そしてそれを盾の魔法だと思っているはずだ。しかし、盾の魔法では全方位は守れないらしい。

ワタヒツジの群れの中でいったい何をしたんだと本当は聞きたかっただろうし、無茶をしてはいけないと叱りたくもあっただろう。でも、二人が目立たないようにあえて放置していってくれた。

「今戻ったら、お前たちは何をしたんだって皆に絶対に聞かれるもんな」

「羊飼いをしていたことがあるとかじゃダメかな」

「そんな仕事はないだろ。伝説のテイマーならともかくさ」

アレンの話から、テイマーという職業がいちおうはあるんだとサラは興味深く思ったが、伝説と付いているくらいだから珍しいのだろう。羊飼いという苦しい言い訳はやっぱり無理だろうということになる。

「別に私の魔法は秘密にしているわけじゃないけど、バリアが張れて、攻撃を全部跳ね返すなんて知られたら、ハンターをやれって言われるに決まってるもの」

「本当にハンターをやってくれたら嬉しいんだけどな。いや、待てよ」

アレンは驚いたようにサラを見た。

「攻撃から身を守るとは思ってたけど、攻撃を全部跳ね返すとは知らなかったぞ」

「言ってなかった？　攻撃も、魔法も、何でも跳ね返すんだよ」

「それって、無敵じゃん」

無敵。素晴らしい響きだ。

「でも、身を守るために仕方なく身につけた技術だから。魔物を倒すためじゃないんだよ」

「サラ。お前、どんなところで育ったんだよ」

「ええと、あっちのほう」

サラは魔の山の方向を指さした。

アレンは立ち上がると眉の上に手をかざし、サラが指さした方向を鋭い目で眺めている。

「あっちに町や村があるなんて聞いたことない。俺が知らないだけかもしれないけど」

独り言のようにつぶやいたが、またすっとしゃがみこんで薬草に手を伸ばし、それ以上のことをサラに聞こうとはしなかった。

今までもそうだった。不審な少女がいきなりギルドに現れても、誰もサラがどこから来たのか聞こうとはしなかったし、聞かれもしないことをペラペラとしゃべるのはサラの流儀ではない。

それに育ったのは日本なのだ。

「ええとね」

それでもアレンには、話したほうがいいような気がした。

「いいんだ、サラ。そのうちで」

「アレン」

「俺だって、どこから自分のことを話していいかなんてわからないし。それより、もっと隠してることあるだろ。珍しい魔法とか。スライムをやっつけた魔法、俺だってやってみたいし」

アレンの目はキラキラしていた。

「別に隠してないよ。ただ、いったい何が珍しいのかがわからないんだよね」

「サラ、常識ないもんな」

そのとおりなのでサラは苦笑するしかない。

「魔法は教えられるけど、アレン、魔法もできるの？」

「できるよ。身体強化のほうがうんと得意なだけで、炎くらいならほら」

アレンは手のひらの上にぽわっと炎を出して見せてくれた。

「叔父さん魔法師だったしな。多少の魔法は叩き込まれた」

実はアレンってけっこうすごいのではないだろうか。

「ただ、とっさの時に魔法か身体強化か悩むようじゃ、ハンターとしては致命的だ。だから俺は身体強化でいく。けど、魔法だって面白いから使えるなら使いたいだろ」

「それは確かに」

魔法はロマンである。

「うん。今度時間があったら教えるよ」

「よろしくな。本当に一緒にダンジョンに入れたら、俺ら無敵のパーティになる気がするんだけどなあ」

「ムカデはいやだから」

譲れないものはあるのである。

冗談に紛らせてはいるが、それはアレンの本音だということはサラにはわかっている。だが、アレンが薬草採取を仕事にする気がないように、サラもハンターを仕事にする気はないのだ。それをわかっているから、お互いに無理強いはしない。口に出さなくてもわかっていることだ。

「ネリーもハンターを推してくるんだよ」

「そりゃ、それだけの素質があったらなあ。でも、こんなふうにうらやんでたら、下っ端ハンターのあいつらとおんなじだ。俺はまず、自分の力をもっとつけるんだ。今度同じことがあったら、サラに頼らず、自分一人でも助けに行けるくらいの」

「そんなことできるのは、ジェイかネフェルタリくらいかってヴィンスが言ってたじゃない。ギルド長並みはなかなか難しいと思うな」

「ちぇ」

アレンならいつかは、一人で助けに行けるくらいになるだろう。何も言わなかったけれど、サラはそう信じた。

結局その日、ワタヒツジの群れが東の草原から一頭もいなくなったのは午後も半ばを過ぎてからのことだった。アレンとサラと一緒に物見の塔に泊まったハンターたちは、それを待ちかねていたように狩りを始めたが、そんなハンターばかりではなかった。

例えばワタヒツジに巻き込まれたハンターたちは、ローザを去ることにしたようだ。

助けたのはサラとアレンなのだが、二人に礼も言わず、

「こんなとんでもないところ、もううんざりだ」

と吐き捨ててとっとと戻っていったと後で聞いた。その足で宿を引き払い、ローザからいなくなったという。下っ端といっても、草原の真ん中でツノウサギを狩れる実力はあるはずなのだが、ローザでのギリギリの生活に疲れ果てていたところに思いもしなかった事態に巻き込まれ、心が折れてしまったらしい。

結果的に、ワタヒツジの群れの移動は、それまで意地だけで残っていた向上心のないハンターたちを一掃することになり、町の外のテント村は消滅した。ローザの町の目論見《もくろみ》どおりになったのだ。残ったハンターたちは、草原のツノウサギの狩りで、なにがしかのコツをつかんだ者ばかりだった。

そして物見の塔に一緒に泊まっていた若者たちは、やがて泊まるところを見つけて出ていった。

エマのところで物見の塔が発見されたことをきっかけに、いくつか使えそうな物見の塔が再発掘されたのだ。だからといって、窓もはまっていないような吹きさらしの塔に好んで住もうという人がいるわけもなく、冬のテント暮らしでも平気だという例のハンターたちが喜んで越していった。

「ちょっと寂しい？」

「いや、そんなことない。ただ、もう揉めなくていいと思うとほっとするよ」

町の外のテント村がなくなったからといって、ローザの町がよいものになったかというとそんなことはなく、いつもと変わらない光景が繰り返されるだけだ。そんなどうでもいいことのために、夢を持った若者を追い出すようなところは、サラはやっぱり好きになれないと思う。

ただ問題がすべて解決したわけではなかった。弱いハンターに狩らせただけでは、ツノウサギの数はたいして減らなかったのだ。ツノウサギが減らなければ、街道の結界を張り直す技術者を派遣することもできない。

そこで、たった一日だけだが、ローザの町が特別手当を出すことになった。強いハンターにはあまりうまみがないが、ツノウサギを普段の倍の値段で買い取るという太っ腹な申し出に、中堅以下のハンターはこぞって繰り出したし、うまみがないとはいえ、普段と違う場所で稼ぐのもいいかという強いハンターたちも参加する大きなイベントになった。

大きなイベントだから、町の屋台も東門の外で特別にお昼を出すというし、結界の中からハンターの働きぶりを見られるということで、町の人たちも楽しみに見に来るという。

アレンもハンターとして参加すると意気込んでいるし、薬師ギルドからの特別注文も終わったので、サラはその日は仕事をお休みにして、町の人たちと同じように狩りをのんびり見学しようと計画を立てていた。しかし、ギルドは休ませてくれるほど甘くはなかった。

「こんな日は買い取りを手伝え。あとはワタヒツジが出たときの緊急要員だ」

そうヴィンスに言われてしまってはどうしようもない。サラは結局朝早くから草原に出て、出張買い取り所でツノウサギを延々と大きい収納袋に移す仕事に精を出すことになった。

寒い草原の中に元気に飛び出していくアレンを眺めながら、サラはゆるゆると集まってきたハンターたちが草原に出ようとするのを見守る。下っ端のハンターたちと比べてさすがベテラン、落ち着きがあるなと感心していたのだが、それもつかの間、最初に出たベテランたちはあっという間に戻ってきた。

いくら街道に結界が効いていないと言われても、それを実感したことがなかったハンターたちは、最初きちんと街道を北ダンジョン方面に歩いて行こうとしていたが、次々とツノウサギに襲われて大慌てで戻ってきたのだ。大怪我をする者も出たほどだ。

サラは怪我をした人を見てしまって気が気ではなかったが、隣では信じられないことにヴィンスが指をさして笑っている。戻ってきたハンターは、手持ちのポーションで怪我を治すと、出張所という名の貧相なテーブルの後ろにいるヴィンスを睨みつけた。

笑ったりするんだもの、それは怒るよねとサラは思ったので、巻き添えにならないようになるべく小さくなって気配を消すことに専念した。

「危ねえじゃねえか！　こんなとこで下っ端に狩りをさせてたのかよ」

ものすごい剣幕で怒鳴るハンターだが、言っていることは意外と親切なことだった。

「させてたのは俺じゃねえ。ローザの町だ。それに、危ねえからこそ俺がここで見張ってたんじゃねえか。自分が油断してたからって、八つ当たりするな。それに、ほら見ろよ」

ヴィンスが顎をしゃくった方向では、アレンが喜々としてツノウサギを狩っていた。薬草採取の依頼が終わってようやっと狩りができるのだと、張り切って一番に草原に出ていたのだ。

「アレンじゃねえか。そういや最近、ダンジョンに入れてなかったんだっけ。あいつ本当に生粋のハンターだな」

揉めていたはずだが、アレンを見たハンターたちはその成長を楽しむかのように目を細めた。そのアレンを観察して、ハンターはふむと頷くと、ヴィンスにピシッと指を突きつけた。

「いいか、街道に結界がないから注意しろっていう言い方がそもそも悪い。後から来る奴には、東門から北ダンジョンまでの草原もすでにダンジョン化していると思えと注意してくれ。それならそもそも油断しないはずだ」

「お、おう。次来るハンターにはそう言っとくわ」

確かに、ツノウサギがはびこるダンジョンだと思えば、最初から最大級に警戒して歩くだろう。そうしたら、前にここを通った騎士隊のように油断して怪我をするようなことも少なくなる。サラはハンターたちの分析力に感嘆した。そして改めて、そのダンジョン化した草原を踏破してローザまでやってきた自分の成長をネリーに報告したくなった。

「ってことで、サラ」

「はい？」

次々と草原に訪れるハンターたちをさばいて一段落ついたとき、ヴィンスはまるで天気の話でもするようにサラに話しかけた。

「ベテランがダンジョンと同じだと断言する平原を平然と歩き、スライムのみならず迷いスライムまで何の気なしに倒す。ハンターなんて怖くてなりたくないと言いながら、ツノウサギなんざ屁《へ》とも思ってねえ。何より、アレンの隣にいても、俺の隣に行ってもまったく魔力の圧を気にしない」

サラはぎくりとした。実は自分でもいろいろ違和感を覚えてはいたのだ。ネリーの言っていることと、町の人の言っていることが違うこととか、ちょっと自分の魔法が皆と違いすぎることとか、いろいろなことについてだ。

「だからといって問題を起こすわけでもなく、目立たない。むしろ、すごく役に立つ。だから、忙しさに紛れてずっと放置してたんだが、お前」

「は、はい」

「ちょっといろいろおかしいぞ」

おかしいと言われてもどうしようもない。

「さすがに今日一日でだいぶツノウサギも減るだろうし、このごたごたも今日で終わりだ」

「そうですね」

「明日だ。明日、ギルドで覚悟しとけよ」

何を覚悟すればいいのか、明日が怖いサラであった。

間章　王都脱出

渡り竜の季節ももう終わる。

ネリーは王都から離れたところをゆったりと飛ぶ渡り竜を眺めながら、そろそろ自分は用済みだろうと胸をなでおろしていた。

そもそも、今年はネリーは王都に来るつもりだった。渡り竜の渡りの初めには間に合わないかもしれないが、サラを連れてくる、あるいはサラをローザに預けてからでも十分に間に合うと思っていた。

ところが、その相談のためにローザの町でギルドに向かおうとしていたときのことである。薬師ギルドを出てすぐにいきなり騎士隊に取り囲まれた。いや、違う。騎士隊に行く道をさえぎられた、というほうが正しい。制止はされたが、むしろ距離を取られていたような気がする。

ネリーは顔をしかめてその時のことを思い出す。

騎士隊は、なんと言っていたか。

「ネフェルタリ、あなたは王都騎士隊の要請を二年、無視し続けた。しかし、今年はそれは許されない。我々と一緒に王都に向かってもらう」

そんなことを言っていたような気がする。ネリーはちょっと呆気《あっけ》にとられたが、今年は王都に向かうつもりだ、だがその相談のためにハンターギルドにまず行きたいのだと言おうとした。

そして声をかけようとして右手を上げたとたん、前の騎士が何かを上に投げ、そしてそれがネリーの真上で四散したような気がしたところで記憶がなくなっている。気がついたら、馬車にずさんに寝かされ、心配そうなクリスがのぞき込んでいたというわけだ。

「クリス？」

「ネフ！　もう二度と目が覚めないかと思った」

どさくさに紛れてクリスに手をギュッと握られていたのには驚いたが、ネリーはそれは振り払った。なぜ残念そうな顔をするのか、クリスは時々ネリーには理解できない行動をとる。

見知った顔があったから一瞬気が抜けていたが、ネリーは自分の周りに、好意的ではない複数の気配があるのを感じ取った。クリスに手を取られていたということは、身体強化が外れているということだ。ネリーは即座に身体強化をし、ばっと起き上がった。

「馬車の中、そして」

ネリーの勢いに驚いたのか中腰になった騎士が数人見えた。ネリーは目が覚める前のことを瞬時に思い出した。

「つまり、敵」

同時に一番近くにいた騎士の腹にこぶしを叩《たた》き込み、素早く体を返す。しかし何かの薬が残っていたらしく、ふらりとよろけてしまった。

「やめろ！　病人のようなものなのだぞ！」

馬車の中にもかかわらずとっさに魔法を放とうとした騎士を止めたのはクリスである。しかしその騎士は吐き捨てるように言った。

「病人がこんなに素早く動けるものかよ」

敵。周りはすべて敵。

「待ってくれ、ネフ。この馬鹿な騎士は私が止めるから。落ち着いてくれ」

唯一の敵ではない声が、ネリーをなだめようとする。ネリーは緊張を解かないまま、そっとクリスのそばに移動し、騎士たちをきっと睨《にら》みつけた。

「ネフ、聞いてくれ。こいつら、王都の騎士隊は、どうしてもネフの力が欲しくて、麻痺《まひ》薬を使ったらしい」

「麻痺薬。ギルドには解麻痺薬しか売っていないはずだ」

「魔物に使うやつだ」

クリスの声は苦々しい。

「魔物の薬を、人に？」

ネリーのまだぼんやりとした問いに、騎士の悪意に満ちた声が返ってきた。

「魔物のようなものだろう」

「お前！」

ネリーの頭の中にその意味が届く前に、クリスが騎士に飛びかかり、それから狭い馬車の中で乱闘が始まった。落ち着いてくれと言っていたのにと、ネリーはこんなときだが少しおかしくなった。

クリスが先に暴発したことで落ち着いたネリーは、飛びかかってきた騎士を振り払い、時にはクリスがやられないようにかばったりしていたが、その騒ぎに気づいた他の馬車からまた騎士が乱入してきたりして、大変な騒ぎになった。

「何を怖がっている。私はもともと今年は王都の要請に応じるつもりだったというのに」

少し騒ぎが落ち着いたところでのこのネリーの一言で騒ぎは完全に収束したかに見えた。しかしネリーはふと眉をひそめた。確かに応じるつもりだったが、何か忘れていることがある。

「ネフ、どうした」

「いや、何か忘れていることがある。何か」

何か温かいもの、そうだ、一緒に行こうと言っていた。

「気が変わった。私は戻る」

ネリーはそのまま馬車を飛び降りようとしたが、さすがに止められた。正確に言うと、騎士すべてに止められたが言うことを聞かず、クリスの話しか聞かなかったということなのだが。

「ネフ、混乱しているのはわかる。わかるし、悪いのはすべて騎士隊だとしても、もう少し皆に理解できるように事情を話せ。要請に応じるつもりだったと言っているのに、なぜ戻りたい」

ネリーは自分がなんとも思っていない奴らに話をするのは面倒だったが、このまますんなりとは戻らせてくれそうもなかったので、仕方なく事情を話すことにした。

「子どもがいるんだ」

恐ろしいほどの沈黙の後、クリスがうめくようにつぶやいた。

「ネフ……。私に黙っていつの間に結婚した……」

「いや、結婚はしていない。拾った」

正確に言うと、拾ったというより向こうが助けを求めてきたのだが、助けを求めてこなくてももともと助けるつもりではあったのだ。ただ、招かれ人というのがこの世界の常識をほとんど知らないとは思いもしなかっただけで。それが結果としてこの言葉になる。

「落ちていた。だから拾った」

ネリーは自分の言葉に納得して大きく頷《うなず》いた。

「拾ったって、いつ」

「二年ほど前だ」

驚きのあまり、素直に話を聞いていた騎士が目を見開いた。

「だから渡り竜の討伐要請を無視していたのか」

「無視してはいない。ちゃんと断った。都合が悪いとな」

「なぜ都合が悪いか理由を言わないからいらぬ衝突を起こすんだろう……」

騎士がため息交じりに指摘した。

「そもそも指名依頼を受けるかどうかは受け手次第のはずだ。強制ではない。したがって、断る理由を話す必要はない」

「あんた、ちゃんと話もできるんだな」

そもそも話を聞く前に魔物扱いして意識を落とさせて連れてきた奴の言うことではない。二年行かなかっただけで、自分の王都での評判はいったいどうなっているのだとネリーは苛立《いらだ》った。しかし、今はそれどころではない。

「魔の山の管理小屋で留守番をしているのだ。普段なら三日で帰るところを帰らねばどれほど心細い思いをしているか」

「北ダンジョンにいるというのか！　ネフ、なぜそんな危険なところで！　どうしてローザの町に連れてこなかった！」

クリスが顔を青くしている。騎士たちは何のことやらわからないという顔だ。クリスははっきりと苛立ちを外に出しながら言い聞かせた。

「北ダンジョン、つまり魔の山は王国で最も難易度の高いダンジョンの一つだ。ネフは普段そこの管理小屋に住み、魔物を間引く仕事をしている。それは理解しているな？」

騎士たちは頷いた。

「その管理小屋に、子どもが一人取り残されているということだ。しかも、もう何日になるか……」

クリスの言葉にネリーは引っかかった。何日になるか、ということは。

「クリス、まさか私は丸一日以上寝ていたのか。あれから何日になる！」

「ネフ。その、倒れてから三日だ」

「三日……」

「すまない。ネフがずっと起きなかったので、治療が必要になるなら、王都の薬師ギルドのほうがよいポーションが揃《そろ》っていると思い馬車を急がせた」

「まさか」

ネリーは立ち上がって馬車のドアを開けた。

馬車の進む先には、すでに王都の影が見えていた。

その時の衝撃を思い出して、ネリーの口元がゆがむ。急いで戻ってもやはり三日、そこから魔の山まで一日、サラと約束した五日はとっくに過ぎている。ということは、サラはローザの町に向かっているかもしれない。

よく考えれば、山小屋にさえいれば数ヶ月食料はもつ。バリアを持つサラなら、どんな魔物が相手でも大丈夫だと思う反面、草原のツノウサギなど経験したことのない魔物に出会って何かあったらと思うと背筋が寒くなる。反面、なぜそのまま山小屋にいろと言っておかなかったのか、ネリーは激しく後悔した。

結局、魔の山に戻るのだと大暴れしてまた騎士隊の手を煩わせたが、

「王都に着き次第私が戻り、責任を持って無事を確認してくる」

というクリスを信じて、ネリーは一人王都で知らせを待っているというわけだ。

王都の薬師ギルド長だったこともあるクリスは騎士隊からも信頼されており、捜索隊を出すべきだというクリスの主張はすんなりと通った。

「捜索に騎士を出す余裕があるくらいなら、私を呼びだす必要はなかっただろうに」

ネリーの皮肉にクリスは首を横に振った。

「ネフも貴族のボンボンは渡り竜討伐には出せないのは知ってるだろう。それなのに、その貴族の

ボンボンを渡り竜退治に出すより厄介な魔の山には平気で派遣する。王都の騎士隊の現状認識が偏り、バランス感覚を失っていることの表れだな」

「確かにな」

「それに、貴族だからどうとかではなく、あいつらは弱い」

薬師に一刀両断されるほどに弱い騎士隊とは恐れ入る。

「ネフ、悪いことは言わない。渡り竜討伐が終わったら、魔の山の管理人から外れたほうがいい。ローザも王都も、ネフの力をあまりにも当たり前に使いたがる」

「それもいいかもな」

「ネフがどこに行こうと、私は付いていくから」

「いや、それはどうでもいいが」

ネリーはクリスに、サラの特徴を詳しく話した。高山オオカミを怖がっていること、魔物でさえ傷つけるのを嫌がること、繊細であること、黒髪の美少女であることなどだ。クリスは最後は若干うんざりしていたような気もするが、サラのことを話し始めたらいくらでも話すことができた。

「イチノーク・ラサーラサだな」

「ちがう。イチノクラ・サラサだ」

名前を何度伝えても微妙に伝わらなかったが、そこは仕方がない。黒髪の華奢《きゃしゃ》な美少女などめったにいないから大丈夫だろうとネリーはクリスを信頼することにした。

そこからだいぶ日が経《た》つが、そろそろ捜索の騎士隊が戻ってきた頃だろうかとネリーは丘の上から王都を見下ろした。結局はネリーが王都を発《た》つのとどちらが早いかというくらいの違いでしかなかったなと苦笑する。身体強化で早く移動できる者はそうはいないのだから仕方がないのかもしれないが。

よし、今日発とう。渡り竜などあとは騎士隊と招かれ人でどうとでもなるだろう。

「ネフェルタリ、今日は機嫌がいいな」

声をかけてきたのは招かれ人のブラッドリーだ。

「別に」

ネリーはそっけなく答えた。だが、この男はネリーを化け物扱いもしないが特別扱いもしない気持ちのいい人間だというのは、渡り竜退治の間にわかってきてはいた。つまり、感じのいい同僚だ。同僚にならら、自分の気持ちを話してもいいような気がした。

「ただ、そろそろローザに戻ろうと思ってな」

「戻るのか。寂しくなるな」

さらっと言う言葉にも何の含みも嫌味《いやみ》もない。

「姉さん、戻っちゃうの？　まだ竜はいるのに？」

大きな声で割り込んできたのは、確かハルトとか言ったような気がする。ネリーはこの少年は騒がしいので苦手だった。招かれ人というのは、サラやブラッドリーのように物静かで落ち着いているものだと思っていた。

「戻るだと？　死神がか？」

「まだ渡り竜の季節は終わっていないんだぞ？」

案の定、騎士たちに聞きつけられてひそひそと何かを言われている。ネリーはうっかり話すのではなかったとうんざりする。

面倒になったネリーはその後はブラッドリーにもハルトにも一切返事をせず、ふらっと王都のほうに流れてくる渡り竜を気まぐれに倒したりして過ごした。

戻ってほとんど散らかってもいない荷物をまとめながら、散らかっていないことにサラが驚くだろうなとニヤニヤした。旅先では散らかるものもないし、使ったものはほとんど収納ポーチに戻しているから散らからないのである。そしてその足で騎士隊の隊長室に向かった。

隊長室は、まず部屋に入ると受付があり、その受付から隊長に取り次いでもらうという二段構えになっている。受付のいる部屋には警護の騎士もいるので、隊長に通す必要がないと思われた者はここで容赦なくはじかれる仕組みだ。

ネリーはきちんとドアを叩くと、許可を得て受付の部屋に入った。途端に受付の女性が嫌な顔をする。好き嫌いではなく、魔力の圧を感じたためだ。

ネリーは仕方なく魔力の圧を抑えた。サラは無意識なのかもしれないが、針に穴を通すような繊細な魔力の使い方をする。繊細なのに結界を杭《くい》のように使ったりとTとんちんかんなところがまた愛らしいのだが、サラを身近で見てきて、ネリーも多少なりとも魔力の扱い方を工夫するようになった。

だが、魔力の圧を抑えて親切に接したい人もあまりいなかったので、今まであまり積極的には使ってこなかったのだ。今回は受付がいちおう女性だから、ちょっとは親切にしてやろうという気になった。

「隊長はいるか」

「お、お約束はありますか」

受付の女性が気丈に振る舞っている。受付の定型文なのだろう、ネリーは片方の眉を上げた。

「私は王都に来る際、騎士隊に約束もなく連れてこられたのだが。騎士隊に約束という概念があるとは知らなかった」

受付の女性はどう答えていいものかわからず、固まっている。つい意地悪をしてしまったが、事情を知らない者にそんなことを言っても仕方がないので、もう一度同じことを言った。

「約束はないが、隊長はいるか」

「約束のない方をお通しはできません」

受付の女性はつんと顎《あご》を上げた。機嫌を損ねたようだ。ネリーは思わずふっと笑ってしまったが、そのとたん緊張していた警護の騎士が体勢を崩し、受付の女性が頬《ほお》を赤らめた。

「仕方がない。では伝言を頼めるか」

「それなら大丈夫です」

「私はネフェルタリ。渡り竜もそろそろ少なくなってきたので、ローザに戻る。そう伝えてくれ」

「はい、承知しました。ネフェルタリ様ですね。え、ローザ？　ローザなら今」

受付は隊長室のドアに目をやったが、ネリーは用が済んだので気持ちが軽くなって踵《きびす》を返した。

隊長に会わずに済んで、むしろ助かったくらいだ。

ネリーが受付のドアを開け、廊下に出ようとしたとき、バーンと開いたのは隊長の部屋のドアだ。

「待て！　ネフェルタリ！」

ネリーはため息をついた。せっかく会わずに済むかと思ったのに。それにネリーが来たのを知っていて受付に面倒な手間を取らせたのかと思うと苛立たしい。

「その、ローザに出していた捜索隊が戻ってきた」

「なんだと」

ネリーはまた踵を返すとつかつかと数歩で隊長の前に来た。

「あの子は元気だったか。魔の山にいたか、それともローザにいたか？　今は誰が面倒を見ている。クリスか？」

「そ、その」

すっかり押されている隊長とネリーの間に、すっと片手を差し込んだ騎士がいた。

「ネフェルタリですか。隊長が困っています。下がってもらえますか」

ネリーはその青年をじろりと見た。整えられた濃い金髪に青い瞳。若い女性なら顔を赤らめるほどにはハンサムだ。現に受付の女性はぽうっとした顔でその騎士を見ていたが、ネリーは自分の圧にも引かないことに興味を引かれた。が、今はローザに帰ることが第一だ。

ネリーは下がらなかったが、その隙《すき》に隊長がほっとした顔で一歩下がった。

「助かった、リアム」

小さい声だが思わず漏れた隊長の言葉は情けないものだった。

「隊長も今報告を受けたばかりです。それでは、うちの小隊長が話をしますので。まず部屋に入ってください」

場を仕切っているのは若い騎士なのは明らかで、ネリーはそのさわやかな見かけの青年になぜか不愉快さを感じたが、黙って隊長室に入った。特に着席も勧められなかったので、ドアのところに腕を組んで立った。

うちの小隊長と呼ばれたネリーより少し若いくらいの騎士がしぶしぶという感じで口を開いた。

「その、ローザの町に着いてすぐに北ダンジョンに向かおうとしたが、北ダンジョンは騎士隊が想定しているより厳しいところだとギルド長に止められまして。十分なポーションを確保してから、護衛のための数人のハンター、それにローザのギルド長と薬師のクリスという手助けを得て北ダンジョンに向かいました。あなたは、本当にあんなところに一人で、いや、二人で住んでいるのか」

「もちろんだ」

「くそっ。そもそも北ダンジョンに行くまでの街道の結界は効いておらず、絶え間ないツノウサギの攻撃に隊員は疲れ果て、挙句に北ダンジョンの低山地帯には高山オオカミがいて隊員は負傷して役に立たなくなった」

説明が短いのはありがたい。だが気になるのはその先だ。

「私の他にギルド長、クリス、そして数人のハンターで管理小屋に向かったが、高山オオカミとワイバーンの絶え間ない攻撃で神経がすり減った」

「それで」

ワイバーンが攻撃してきたというところに引っかかった。あれはむやみに人を襲ったりはしないのだがとネリーは眉をひそめた。

「それで、小屋に着いたが、まず小屋のカギは閉まっていなかった」

ネリーは視線だけでで先を促す。

「小屋はきれいに片付いており、誰もいなかった」

誰もいなかった。ということは、サラはローザに下りたということになる。

「家具は薄くほこりをかぶり、部屋は冷え切っていたことから、だいぶ前に人がいなくなったと思われる。つまり、小屋には少女はいなかった」

言いにくいことを一気に話したのだろう。小隊長と呼ばれた男は額の汗をぬぐった。

「で、あの子はローザのどこにいた」

「ローザ？　ローザにはそんな少女などいなかった。だいたい、高山オオカミとワイバーンの襲ってくる山道をどうして一二歳の子どもが歩けるというのだ。騎士隊でも駄目だったのに」

「あの子ならできる」

「無理だ。おそらく、管理小屋の結界から外に出て、それで」

それで、高山オオカミにやられたのだとでも言いたいのだろう。ネリーは鼻で笑った。

なぜローザにいなかったのかわからないが、ワイバーンをもはじくバリアを持つサラが魔物などにやられるわけがない。最近では、寝ていてもバリアを張り続けることができるようになっていたのだから。

「わかった。北ダンジョンまで赴いての捜索、感謝する」

ネリーはそれだけ言うと隊長室を出て、すたすたと受付のドアに向かった。

「あの、あの！」

受付の女性はネリーと開け放した隊長室のドアを交互に見ると、慌てたように大声を出した。

「あの、ネフェルタリ様から伝言です。ええと、渡り竜も少なくなってきたので、ローザに戻る、と」

受付の女性はさっき几帳面《きちょうめん》に書いていたメモを読み上げると、ほっとしたように微笑《ほほえ》んだ。せっかく隊長が顔を出したので、さっそく伝えようとしてくれた仕事熱心な女性である。

ネリーは、伝言が伝わったのでいいだろうとそのまま受付のドアに手をかけ、さっさと部屋の外に出ようとした。

「ま、待て、ネフェルタリ。渡り竜は確かに少なくはなったが、まだ渡りは終わりではない。帰ることは許されない」

「許されない？」

ネリーはくるりと振り返ると、また隊長の元に戻り、襟元をぎゅっとつかんで引き寄せた。さっきから行ったり来たり忙しい。

「そもそも合意なく王都に連れてこられた私だが、文句を言ったか？」

「い、いや」

「さらに言えば、合意なく連れてこられたせいで、大切な子どもを置き去りにする羽目になり、なおかつその子どもが行方不明だが、それについてどう考える」

「お、お気の毒だと」

後退しかけた額に汗がだらだらと垂れている。

「行方不明の子どもの安否を確かめるために帰るのに、誰の許しがいる？」

「い、いりません」

「だよな」

ネリーが隊長を引き寄せていた手をパッと放すと後ろによろけたが、そんなことは知ったことではない。

「では、失礼する」

「ネフェルタリ」

先ほどの青年の声だ。リアムと言ったか。ネリーはいちおう足を止めた。

「ローザの町には、家のない子どもがいました。野宿する輩《やから》も多く、治安が不安な状況かと。お気をつけて」

「余計なお世話だ」

高山オオカミにもやられないサラが、人間なんかにやられるものか。

さらに何か言い募っていたが、ネリーは二度と振り返らなかった。

その足で王都を出ようと、北部方面へ向かう大通りへ出ようとしたところで、ネリーに声をかけた人がいた。

「姉さん！」

「あなたの性格からいって、帰ると言ったら今日そのまま帰るんだろうと思って、見送りに来た」

招かれ人の二人である。

「私はお前の姉ではないし、見送りも必要ない。だが、感謝する」

ネリーはいちおう、礼儀は尽くした。少なくとも大きいほうは感じのいい奴だった。

「ローザには魔の山があるって聞いた。面白そうだから、いつか遊びに行くね」

「来なくていい」

「冷たいな？」

ネリーはなんとなくもう一言言ってやりたくて、小さいほうの招かれ人を見た。サラに近い年だからかもしれない。

「魔の山に至るまでの草原は大人の足でも二日はかかり、そのあいだ絶え間なくツノウサギの攻撃がある。さらに魔の山にたどり着いてもオオカミが群れ、ワイバーンが舞う、気の抜けない場所なんだ。もう少し、鍛えてから来るといい」

「へえ」

招かれ人は目をきらめかせた。かえって煽《あお》ってしまったようだ。

若い子の野心は嫌いではない。ネリーにしては珍しく、軽く手を上げた。

「ではな」

「ああ。気をつけて」

「絶対行くから」

思わず口元に笑みを残しながら歩き始めたとたん、行く先に走りこんできた奴らがいた。

「またこのパターンか」

ネリーはうんざりした。どうせ、目の前にいる騎士は手に瓶を持っているんだろう。ほら、やっぱり。

「なんだ、騎士隊か。お前、それは」

小さいほうの招かれ人が驚愕《きょうがく》の声をあげた。

「そうです。招かれ人の助言で開発された、麻痺薬です」

「ばかな！　ダンジョンの大きい魔物用だぞ！　町中で、しかも人に使うものじゃない！」

しかし、その声にかまわず騎士は瓶を投げようとした。しかし、何をするかわかっていれば防ぐのは難しいことではない。

「バリア」

ネリーは誰にも聞こえないくらい小さい声を出し、すっと軽く振った手から魔力を伸ばし、瓶を持つ手に軽く当てた。瓶はコロンと地面に落ちた。

本当はバリアではなく、ネリーの身体強化をちょっと伸ばしただけだ。ただ、一度言ってみたかったのだ。言ってはみたが、少し恥ずかしかった。しかし、自分の言葉に照れている場合ではない。

「またな」

ネリーはいちおう招かれ人に挨拶をすると、次の瓶が出てくる前に、身体強化であっという間に走り去った。何の騒ぎかと眺めていた町の人たちも、特に大事《おおごと》にならなかったのでつまらなそうに去っていった。

「しくじった。行く先はローザか。面倒なことになった」

つぶやいた追っ手の声は聞こえなかっただろう。

ローザまでネリーの足でも三日はかかる。サラの無事を信じていたけれども、それでもネリーは足を急がせた。

第三章　真実は目の前に

久しぶりに狩りができて、しかもかなりの収入になったアレンはかなり機嫌がよく、こんなことはめったにないからと、サラに夕食をおごってくれた。もちろん、エマの店だ。

「今日は何を頼んでもいいぞ」

太っ腹である。とはいっても、壁に貼ってあるメニューはオークとツノウサギのみだ。

「それ以外はエマに相談すれば作ってくれる。だってさ、コカトリスとか在庫があるって言ってただろ」

「そういえばそうだね。でもコカトリスはよく食べてたから、別のがいいな」

アレンは腕を組んで半目になった。

「そういうとこだぞ、ヴィンスに目をつけられたのは」

アレンには、ヴィンスにいろいろと聞かれそうだということは話してあった。

「コカトリスは高級食材なんだ。俺だって叔父さんがいたときでさえめったに食べられなかったんだからな。むしろ最近サラの弁当でよく食べてる気がするけど」

「でも、何が普通で何が普通じゃないかなんてわからないもの」

そもそもオークやツノウサギという食材があることに驚いたのだから。

「エマ！」

「決まったかい？」

「あのさ、コカトリス」

「しっ」

エマは急いでアレンを止めると、左右を見渡した。誰もこのテーブルに注意は向けていないのを確認すると、やれやれと腕を組んだ。

「今日はツノウサギがずいぶん取れたみたいじゃないか。さっそく取れたてのを仕入れてきたからね、今日はツノウサギの香草焼きにしな。こないだは煮込みを食べたから、それでいいだろ」

エマは不満そうなアレンの額を指でぺしっとはじいた。

「調子に乗るんじゃないよ。面倒な下っ端がいなくなったとしても、生意気な新人は嫌われやすいんだよ。そういうのはもうちょっと稼げるようになってからにしな」

「うん。でもさ」

「わかってるよ。ツノウサギ二人前ね！」

エマは勝手に一人で頷《うなず》くと、さっさと注文を決めて行ってしまった。アレンは苦笑いした。

「結局ツノウサギだけど」

「ごちそうになります。ありがとう」

自分以外の人が作ってくれたご飯は何でも嬉《うれ》しいものだ。ましてツノウサギの香草焼きは初めての料理である。どんな味かわくわくするではないか。

「それにしても壮観だったね。私、あんたにたくさんのハンターを見たのは初めて」

　ネリーがワイバーンを倒したのを見たことはあるが、さすがにワイバーンを倒したのを見たことがあると言ってはいけないことくらいはわかったので、それは口にしなかった。

「俺もだ。ローザのダンジョンは見えている範囲はせいぜいハンターギルドのフロアくらいの広さで、入り組んでいるからあまり他のハンターが見えないんだよ」

　魔の山の小屋からなら広い範囲が見えるから、ハンターがたくさん来てくれたら、狩りをしているのが見られるなあと思う。いやいやとサラは首を横に振った。そしたら高山オオカミも狩られてしまうではないか。それはちょっと、そうちょっとだけ嫌だ。

「ほら、ツノウサギの香草焼きだよ！」

　トン、トン、と香ばしいツノウサギの皿が置かれ、パンのかごが置かれる。それから頼んでいなかったカップが置かれた。

「ヤブイチゴのジュースだ！」

　サラは目を見開いた。

「こちらのハンターからですよ」

　笑い出しそうな口元をなんとか引き締めてアレンを指し示すと、エマはぱちんとウィンクして去っていった。

「エマ、勘弁してくれよ」

　アレンは片手で目を覆っている。サラは思わずくすくす笑った。

　これはエマのサービスではない。たぶん本当にアレンが頼んでくれたものだ。

「ありがとう。いただいてもいい？」

「ああ。それじゃあ、乾杯！」

「乾杯！」

カップをカツンと合わせる。

「「ぷはー」」

二人は顔を見合わせてニコッと笑った。

「「うまい」」

一日の疲れも流れていくようだ。

「ヴィンスに追及される明日を乗り切れる、ような気がしてきたよ」

「頑張れ。俺だって聞きたいくらいだからな、サラの話」

考えてみたら、多少自分の常識がずれていたって、別に構わないではないかとサラは思い直した。小屋での暮らしを話したら、ネリーのことだって何かわかるかもしれないのだ。

ちなみにツノウサギは煮込みより香草焼きのほうがサラの好みに合った。


次の日、久しぶりに朝からアレンと別れて薬草採取に繰り出し、食堂のアルバイトに間に合う時間にギルドに駆け込んだサラは、いつものようにヴィンスに薬草のかごを預けた。

「サラ、なんか腰が引けてるわよ」

ミーナから鋭い突っ込みが入ったが、ヴィンス自身は忙しいらしく、

「売店の仕事が終わったらちょっと寄ってくれ」

と声をかけたのみだった。サラはちょっとほっとして急いで食堂に行き、しばらく草原に薬草採取に駆り出されて休んでいたことなんてなかったかのように芋剥《いもむ》きを始めた。

「さすがに今日は呼び出されることもないよね」

「お前、しょっちゅう呼び出されてるもんな。久しぶりに厨房《ちゅうぼう》に入ったんだから、今日くらい大丈夫だといいな」

同僚も同情するくらい呼び出されていたのだなあと思う。

幸いその日は呼び出されることもなく、そのまま売店に入り、販売のお弁当を温めて小銭を稼ぐ、のんびりとした一日で終わりそうだった。

「そろそろアレンがダンジョンから戻ってくる時間だなあ」

そんなのんきなことを考えながらポーションの棚を整理していたら、受付からヴィンスに声をかけられた。

「サラ！　そろそろ話を……」

ヴィンスと話をしなければいけないことをすっかり忘れていたサラはぎくりとしたが、ヴィンスはハンターギルドの入り口に目をやると言葉の途中で立ち上がった。

「ネフェルタリ！　戻ってきたのか！」

ヴィンスの声に、サラの手が止まった。

「ネフェルタリ。聞いたことある」

草原のツノウサギ狩りで、確かヴィンスが口にしていた。ワタヒツジの群れをなんとかできるのは、ジェイかネフェルタリだと。ジェイとはギルド長のことで、サラはヴィンスがうっかりジェイと呼んでしまうのがなんとなく好きなのだが、そのネフェルタリという人も強いという話題の時にちょいちょい登場するので、サラの頭に残っていた。

確か女性だったと思う。ギルドの売店はフロアを挟んで受付の向かい側、ギルドの入り口から左のほうにあるので、サラのところからは誰が入ってきたかは見えない。サラは、興味津々で首を伸ばして、思わず固まった。

受付で立ち上がっているヴィンスのもとに、疲れたように、しかしきびきびと歩いていくネフェルタリと呼ばれたハンターはサラの思ったとおり女性で、赤毛を面倒くさそうに後ろで一つにまとめている。

「もう戻ってこないかと思ってたぜ」

「ヴィンス。ギルド長を呼んでくれないか」

ヴィンスの言うことを歯牙にもかけない、ぶっきらぼうなしゃべり方だ。本当は優しいのに、言葉が足りなくていつも面倒なことになる。サラは思わず両手を口に当てた。動きたいのに、体が動かない。今にも走っていきたいのに。

「それはいいが。ちょっと待て」

ヴィンスが合図をすると、合図を受けた職員がギルド長の部屋に走った。

「魔の山の、小屋の話を聞かせてくれ。実際に小屋に行った者の話を聞きたいんだ。ギルド長とクリスが行ったと聞いた」

「騎士隊からの報告を受けたのか。だがな」

悲痛なヴィンスの顔を見れば、誰もがその報告がいいものではないということがわかるだろう。しかし赤毛の女性はヴィンスにはっきりと言い切った。

「私は信じていない。あの子がいなくなったなんて、これっぽちも信じていないからな」

「ネフェルタリ！」

ギルド長が奥の扉をバンと開けて出てきたかと思うと、ネフェルタリに大股で歩み寄った。よほど慌てて出てきたのだろう、ベストのボタンがいくつかはずれたままだ。

「お前、戻ってきて」

「誰もいなかったことは聞いた。詳しく聞かせてくれ」

ネフェルタリという人が言ったのはそれだけだった。挨拶も何もない。ギルド長はため息をついて、説明を始めた。

「小屋には誰もおらず、きれいに整理整頓されていた。お前が住んでいるとは思えないほどにな」

「あの子はそういう子だ。いつでも小屋をきれいに整えていた」

ギルド長はネフェルタリを慰めようとしたのだろう。手を伸ばしてすげなく振り払われている。

サラが伸ばした手はいつでも温かく受け止めてくれていたというのに。

「小屋は長く人のいない様子がうかがわれた。ドアには鍵がかかっていない。家具類はうっすらとほこりをかぶっていた。そして小屋の周りに高山オオカミの群れ。これ以上どんな根拠がいる」

「食料は」

ネフェルタリの質問にギルド長は即座に答えた。徹底的に調べたのだろう。

「食料は残っていた。どこかに行くなら持っていくはずだろう」

ギルド長は、気の毒だが諦めろという顔をした。だがネフェルタリはしつこく聞いた。

「どのくらい残っていた」

「どのくらいって、たくさんだよ。ギルドの弁当箱や、パンなんかだな」

「どのくらい、何ヶ月分残っていた！」

ネフェルタリはギルド長の胸元をつかんで締め上げるように引き寄せた。サラはハラハラした。そんなことしなくても、ギルド長はちゃんと答える人なんだよと思いながら。

「どのくらいって、待てよ。離してくれないと、思い出す前に俺、死んじゃうからさあ」

「チッ」

ギルド長はポイッと放り出された。そうだ、普段は穏やかだけれど、いざとなると力が強くて、ワイバーンだって一太刀で倒してしまうくらい強い人なのだ。

「今思い出すからな。えーと、えーと、一人で食べるとして、おおよそ三ヶ月分ってとこか」

「ああ……」

ネフェルタリは、思わずというように床に膝をついた。

それは一見絶望しているように見え、ギルドの人は皆、悲痛な顔をしてそれを見るしかなかった。

しかし、その人はすぐに立ち上がると、天を仰いだ。

「ありがとうございます！　ありがとうございます！　生きてる！　あの子は生きてる！」

そう叫ぶ赤毛の人は、ショックで理性を失っているようにしか見えなかった。だが違った。

「本来なら、二人で三ヶ月分、つまり六ヶ月分あるはずなんだ。それが三ヶ月分しかないってことは、自分の分の食料を持って、ローザの町に向かったということだ！　あの子は賢いから、行き違ったときのことを考えて、私の分をきちんと残して町に旅立ったに違いない」

ヴィンスが気の毒そうに首を横に振り、放り出されたギルド長は立ち上がると赤毛の人の肩を慰めるようにそっと叩《たた》いた。今度はその手は振り払われなかった。

「ネフェルタリ。騎士隊の奴らでも高山オオカミにやられてた。一二歳の女の子じゃ無理だ」

その言葉に力強く首を横に振るネフェルタリの目は、希望に輝いていた。

「そんなことはない！　私のサラはな」

「「サラ？」」

受付の声が重なった。

その時、ギルドのドアがバーンと開いた。

「サラ！　今日はダンジョンから早く上がったんだ！　オオルリ亭に飯食いに行こうぜ！」

アレンが走りこんできたのだ。そしてサラを見て戸惑ったように立ち止まった。

「サラ？　なんでお前泣いてるんだ」

泣いてなんていない、ちょっと感極まってしまっただけだものとサラは思い、首を横に振った。

そして微笑《ほほえ》んだ。

「私、言ったでしょ。絶対にネリーは大丈夫だって。強い人だからって」

「サラ？」

アレンが心配そうに受付のカウンター越しにのぞき込んだ。

どういう行き違いがあったのかわからないけれど、そんなアレンとサラを驚いたように見ている赤毛のネフェルタリという人は、確かにネリーだった。

サラは大きく息を吸い込んだ。

「ネリー！　お帰りなさい！」

「サラ！」

ネリーは風のように一瞬でそばに来ると、カウンターをひらりと飛び越え、しっかりとサラを抱きしめた。こんなときでもかっこいい。

サラもネリーの胸にしっかりと顔を埋《うず》め、ぎゅっと抱きしめ返した。

「ネリーがいつまでも戻ってこないから」

「すまなかった」

最初に出たのは、会えて嬉しいという言葉ではなく、いなくなった寂しさだった。一度口に出したらそれは止まらなくなった。

「町に来るまでやっぱり五日かかって」

「そうか」

「お風呂にも入れなくて」

「大変だったな」

大変だったことがお風呂かよという、誰かのつぶやきが聞こえた気がした。そしてやっぱり最初大変だったことはネリーには伝えておかなければならない。

「薬師ギルドは意地悪だし」

「それは許せないな」

この時にはなんとなくギルドの気温が下がった気がした。ネリーは抱きしめていたサラから、そっと手を離した。

「サラ、顔を見せておくれ」

「うん」

少し涙ぐんでいるようなネリーは、記憶していたネリーと同じで、やっぱりきれいだった。気丈に振る舞ってはいたけれど、ローザの町の誰もが知らないというネリーが、自分の想像の中だけの人じゃないのかと不安になる夜もあったのだ。

ネリーはにっこりと微笑むと、またサラを抱きしめた。いつも身体強化をしているネリーがサラと向き合うときだけは素の自分をさらけ出す。ふんわりと感じられる優しい体温は、魔の山の管理小屋でいつも感じていたものだ。

「ああ、サラ、やっと帰ってきたよ」

「うん。お帰り、ネリー」

本当に帰ってきてくれた。ふらふらと寄る辺《よべ》なく漂っていたサラの気持ちも、やっと落ち着く思いだった。周りの人にはネリーの背中しか見えなかったはずだが、サラの笑顔だけは見えたから、この一連の出来事はきっといいことなのだと、ギルドにはほっとした空気が流れた。

「迷いスライムを簡単に狩る子ども。そりゃあ普通の育ちであるはずはない、か」

ヴィンスのこのつぶやきは伝わる人にしか伝わらなかったが、次の一言には皆が納得した。

「ネフェルタリの拾い子は、結局自力で町まで来てたってことだな」

「そりゃわかんないわ。そもそも華奢《きゃしゃ》な美少女だって言ってたじゃん」

そうぼやくギルド長が、ヴィンスに殴られたのは言うまでもない。もちろん、後でネリーにも絞られていた。

サラとネリーがお互いの無事を確かめ合い、笑顔で振り向きギルドの職員にお礼を言おうとした瞬間、再びギルドのドアがバーンと開いて誰かが飛び込んできた。

「ネフ！　戻ってきていたのか！」

「クリス？」

尋常ではない状況だと思ったのか、ネフェルタリの件ならクリスを呼ぶしかないと思ったのか、誰かが薬師ギルドまで走ったらしい。息を切らしてドアから飛び込んできたのはクリスだった。

左右を見渡しネリーを見つけるとつかつかと歩み寄ってきた。

「体調はどうだ？　麻痺《まひ》の後遺症は出ていないか？」

サラには目もくれず、ネリーの頬《ほお》に両手を当てて、顔色をまじめに見ている。

ネリーは一瞬驚いたようにそのままにさせていたが、すぐにクリスの手をぺしっと払った。

「うっとうしい。王都まで付いてきてくれて、治療もしてくれたのは感謝するが、もう治った」

「治ったのならよかったが」

振り払われても気にせず、クリスはにっこり笑った。

サラはその様子を見て、もしかしてと思った。

「赤毛で緑の瞳の美しい知り合いって、まさか」

「サラ？　いたのか」

「ええ、ずっとネリーの隣に」

サラなど、クリスにとってその程度の扱いである。だが、質問には嬉しそうな顔で答えてくれた。いつもは冷たい表情が嘘《うそ》のようである。

「ああ、そうだ。前に話した同世代の美しい知り合いが彼女なんだ」

なぜそんなに誇らしげなのか。サラはちょっとイラッとした。そしてはっと気がついた。サラは実は正確な年齢をネリーに聞いたことはない。そのあたりですれ違っていたのではないか。

「まさかネリー」

「なんだサラ」

ネリーはクリスに対するのとは打って変わって優しい声でサラに返事をした。

「女性にはっきり聞くのは失礼と思ってたけど、ネリーって何歳なの？」

「確かあと少しで四〇だと思うが」

「美魔女か！」

サラは思わず突っ込み、そして脱力した。

「自分の年なんだから自信を持とうよ」

「す、すまん」

ネリーはなんだかわからないがとりあえず謝っておこうと思ったようだった。年齢に関しては相変わらず曖昧かと思ったら、代わりにクリスが答えてくれた。

「私と同じだから三九歳だな。痛い！　何をするネフ」

そしてネリーにどやされていたが自業自得である。

ネフェルタリだからネフ。なるほどとは思ったが、サラはいろいろなことをちゃんと聞いていなかった自分に激しく後悔した。年齢だけではっきり知っていたら、せめてクリスとはネフェルタリがネリーかもしれないということは意思疎通できたかもしれないのに。

「サラ、年だけの問題じゃないだろう。お前、ネリーって人のこと、俺たちになんて説明したか覚えてるか」

ヴィンスがやれやれというように口を挟んできた。

「強くて、優しくて、無口だけど話すと面白くて、頼りがいがあるけど少し間抜けで」

サラは思い出しながら口に出した。間違ったことは何も言っていない。ネリーが少し照れくさそうに鼻の頭をかいていてかわいい。

しかしヴィンスはちょっと違うだろうというように苛立《いらだ》ちを言葉に込めた。

「サラさあ、お前さっきのネフェルタリ見てて、もう一度同じことがいえるか？」

さっきのネリー。つまり挨拶もせず、いきなりヴィンスに詰め寄り、ギルド長を吊《つ》るし上げていたネリー。

強いことは強い。頼りがいもありそうだ。しかし、優しいか、面白いか、あるいは間抜けかと聞かれるとちょっと困るのも確かだ。

「ええと」

「そこは言えると言ってくれ、サラ」

ネリーが情けない声で懇願した。サラは何か言わねばと焦った。

「ほ、ほらね、話すと面白いし、私にはすごく優しいし」

ギルドを一瞬沈黙が支配し、すぐに仕方がないという柔らかい空気に変わった。

「なんだ。もしかしてサラの言っていたネリーとはネフのことだったのか」

クリスの声に、今度は全員脱力した。クリスは最初のネリーの剣幕を見ていないのだから仕方がないかもしれないが、クリスが来てからもネリーと何度も呼びかけていたというのに。サラはネリーのことがわからなかったのは自分のせいだけではないような気がしてきた。

クリスはそうなのかと納得したような顔をしたが、急にはっと顔色を変えた。

「待て。ということは、ネフが置いてきた拾い子というのはまさか」

「そうだ。自分で町まで来られたようだが、これが私が一緒に暮らしていたサラだ」

ネリーはサラの肩に腕を回して胸を張った。それから慌てて付け足した。

「クリス、ギルド長、魔の山までサラを捜しに行ってくれて感謝している。騎士隊のお守りは大変だっただろう」

「ああ、まあな。にしても、サラねえ」

たいしたことないと肩をすくめるギルド長だけでなく、ギルドの面々は、サラの実力を直接見たことがなくても、ツノウサギやスライムの魔石を納めたことは知っている。つまり、おそらくアレンに並ぶほどではなくても、なにがしかの実力はあるのだろうと予想はしていた。

ヴィンスはサラの力を直接見ているので、相当の力があることは知っている。

だから、ギルドの面々は、さっきのやり取りから、サラがネフェルタリの拾い子だろうということはすぐに納得していた。

しかしクリスはそうではない。

「ネフ、お前王都で言っただろう。一二歳くらいの黒髪の美少女だって。華奢で攻撃の一つもできず、高山オオカミを怖がってなかなか小屋から出られなかったから心配で町に連れてこられなかったと」

「何も間違ったことは言っていないだろう」

「はあ？」

クリスは失礼なことにまじまじとサラを見た。

「華奢な美少女、だったのか」

どうもサラの性別をわかっていないようだとは思っていたが、本当にわかっていなかった。そして心底失礼な態度である。

「当たり前だろ」

あきれたようにそう言ったのはアレンだ。

「話し方も態度も、見かけだってちゃんと女の子だ」

向こうでミーナが当たり前でしょうという顔で頷いている。

うすうす感じてはいたが、サラのことを普通に女の子と思っていた人と、男の子だと誤解していた人がいるようだ。

例えばヴィンスの隣でギルド長が視線を揺らしているのは、確実にギルティである。が、当然知っていたという顔のヴィンスも、少なくともついこの間までは誤解していたことをサラは知っている。

だが、厨房からのぞいていたマイズの頭が慌てて引っ込んだのはなんだか納得できないサラだった。毎日一緒に働いていたのに。

「まあ、百歩譲って華奢で怖がりはいいだろう」

なぜクリスにいいだろうと言われなくてはならないのか。サラはますます苛立った。

「騎士隊でも怪我《けが》をする道中をここまで、どうやって来たというんだ」

どうやってとクリスに詰め寄られても、サラはなんと答えればいいのかわからなかった。だから正直に答えた。

「えっと、歩いて？　町まで来るのに五日もかかって」

「そうではない！　怖がりで攻撃もできない華奢な少女が、どうやってあのたくさんの魔物をかいくぐって町までやってこられたのかと聞いているのだ！」

美少女が少女へと変わっている。サラはやっぱりクリスという人は苦手かもと思った。もっとも、状況的にこの質問が出てくるのは当たり前であって、もしかするとクリスが一番この中でまともなのかもしれない。

しかし、サラは困ってしまった。サラはいつもどおり、普通に歩いてきただけなのだ。

運悪く、サラの結界に当たって死んでしまった魔物こそ拾ったが、ただひたすらに歩き続けたら町にたどり着いた。他の人は違うやり方をするのだろうか。

「サラ、クリスがこう言うのも仕方のないことなんだ。普通のハンター程度では、まず高山オオカミにやられてしまうからな」

ヴィンスの言うとおり、確かに最初は高山オオカミは怖かった。

「面倒くさいことに、それで騎士隊もやられたんだ。ということはだ、ネフ。そのサラという子は、高山オオカミにやられない実力があるとでも言うのか」

クリスはそんなバカなことがあるかという顔をしている。

「ああ」

ネリーは当然だというように胸を張った。

「はあ？」

これはクリスでなくても聞き返すだろうとギルドの面々は思ったようだ。彼らだって、本当かどうか聞きたいくらいなのだから。

「まさか、その子も身体強化が得意なのか？」

「いや、サラの場合、身体強化もできることはできるが、それよりいわゆる盾の魔法、サラがバリアと呼んでいるが、それを作る力が強いんだ」

「やはり本人の言っていたとおり、魔法師か」

つぶやいたのはヴィンスだ。

「正確にはバリアと言ったよな、サラ」

「うん」

サラは素直に頷いた。

「すべての魔法と攻撃を跳ね返す盾のような、そんな力を持っている」

ネリーはいっそう胸を張った。

「なら、心配することなかったじゃん」

向こうでギルド長が脱力している。

「たとえ防御力が強くても、魔の山に愛《いと》しい子を一人残してきた私の気持ちがわかるか！　あんたなら一二歳の子を残してきて心配しないのか！」

「するけどさあ。それを言ってくれといてもよかったじゃん」

「そ、それはすまなかった」

ネリーは素直に頭を下げた。

取り残されていたサラとしては、心配してくれて正直にありがたいと思う。実際ローザの町にはたどり着いたが、本当にたどり着けるかどうかはものすごく不安だったのだから。

「あの時は王都の奴らに頭にきて血が上っていて」

「あれはひどかった」

ネリーの言葉にクリスが同意する。ネリーは肩をすくめた。

「そもそも私はサラを連れて王都に行ってもよいなら、指名依頼を受けようと思っていたところだったのに。その相談にハンターギルドに向かっていたところだったんだ」

そこでサラもようやっと気がついた。ずっと自分には関係がないと思っていたが、ギルド長やクリスが捜していた少女というのが自分のことだということを。

「もしかして、北ダンジョンって魔の山のことなんですか？」

「まさか知らなかったのか？」

ヴィンスがあきれたようにサラを見た。

「はい。だってネリーからは魔の山に住んでいるとしか聞いていなかったから」

サラは素直に頷き、そしてはっと気がついた。

「やだ。私、ダンジョンに住んでたってこと？　あんなにダンジョンには入りたくないって言ってたのに？」

「今頃気づいたのかよ……」

サラはもっと衝撃的なことに気づいた。

「じゃあ、騎士隊の人が怪我をして戻ってきたのも、アレンが変なお使いに行かされたのも、全部私のせい？」

血の気が引くような思いのサラに、クリスが真剣な顔で近くに寄り、肩に手をかけた。クリスはいつかのお使いの時、サラの体調を心配してくれた薬師の顔をしていた。

「サラ。それは違う」

そしてはっきりと違うと言ってくれた。

「端的に言う。すべての原因と責任は、ネフをいいように使おうと思った王都の騎士隊にある」

「騎士隊……」

サラとアレンを王都に連れていこうとしたあの人たちと、その仲間。

「最初の最初から壮大なすれ違いだったんだな……」

ヴィンスの一言がすべてである。

「よし。すべては騎士隊の責任ってことだ。俺たちにもサラにもネリーにもどうしようもなかった。以上」

さあ、解散だとでも続けそうなギルド長の一言で、サラの緊張もネリーの緊張もほどけた。

サラがギルドを見渡すと、皆、まあよかったんじゃないのかという気楽な表情を浮かべている。

そうだ、ネリーは帰ってきたんだ。それでいい。サラは横のネリーを見上げて微笑んだ。

「なあ、サラ」

かけられた声に、サラははっとしてアレンを見た。

「お前、そしたらもう、この町にはいなくなっちゃうのか」

アレンの一言は全員を現実に引き戻した。

サラはネリーが戻ってきてとても嬉しい。でもそれはアレンとの生活の終わりを意味する。サラはいいけれど、アレンはローザの町に一人取り残されるのだ。

アレンは一瞬うつむくと、すぐに顔を上げてニコッと笑ってみせた。

「サラ、姉ちゃんが見つかってよかったな。俺、強くなって、きっと遊びに行くからさ」

サラがいなくなるにしても、自分は引き留めない。一人でローザで頑張るからという決意がにじむものだった。サラは一人残るアレンを思うと胸が痛くなった。

そうはいっても、現実を見れば、サラの住んでいる場所は、王都の騎士ですら怪我をして逃げ帰る場所だ。一方で、アレンは、身体強化特化で新人とは言えないくらい成果を上げているとはいえ、無理せずに低層階で着々と訓練を重ねているレベルである。

サラが魔の山に戻って、いつものような暮らしをすれば、めったに会うことはなくなるだろう。

この町に来て、サラを支えてくれていたのは確かにアレンなのだ。

ネリーはアレンをじっと観察していたが、その目をサラに移した。

「サラ？」

静かな問いかけは、この子どもはサラにとってどういう人なのかという意味だろう。

サラは一生懸命に説明した。

町に来た最初から声をかけてもらって、ずっと一緒に過ごしていたこと。何もかもアレンに教わったこと。アレンがいなかったら、途方に暮れていただろうということ。

「ふむ。アレンとやら」

「はい」

ネリーに声をかけられたアレンは固い声で返事をした。知らない人だというよりなにより、おそらくネリーは威圧しているのだと思う。サラには全然わからないが、ギルドにいる面々が何かに耐えるような顔をしているからだ。受付の端っこにいる人など、魔力の圧に耐えかねて必死に顔をそらしているではないか。

「身体強化に特化しているようだな。よし」

サラは嫌な予感がした。ネリーのこれは、魔の山でよく経験した。

「さ、強化してみろ」

ネリーは腰の剣をすらりと抜いた。

「ば、ネフェルタリ、お前！」

ヴィンスの叫び声が響いたが、ネリーは止まらなかった。

腰の剣をアレンに振り下ろすと、ガッキーンという音がギルドに響いた。

アレンが腰の剣を抜く暇もなかったし、サラのバリアも間に合わなかった。

「ネフェルタリ、ギルドでは私闘は禁止だぞ」

ヴィンスの冷静な声が響く。ネリーもこともなげに答えている。

「私闘ではない。訓練だ」

突然のことに驚きながらも急いで身体強化したアレンは、かなり押されたようだが無事だった。

そしていきなり剣を振ったネリーをきっと睨《にら》みつけている。

ネリーはそれを見て、感心したように顎《あご》に手を当てた。

「ふむ。渡り竜をも貫く私の剣を防いだか。なかなかやる」

「ネリー、おかしいでしょ！」

「しかし実践してみないと」

このやり取りを、小屋の前で何度繰り返したことだろう。

「ほんとにネリーはもう……」

こんなことでネリーが帰ってきたことを実感するとは思わず、脱力するサラであった。

一方でなかなかやると褒められたアレンはあっさりと機嫌を直している。

「こんなとんでもない人に育てられたのか、サラは」

「うん」

育てられたかどうかは微妙だが、いろいろ強制的に学ばされたことは確かである。

「いや、サラは勝手に学び、強くなったのだ」

「違うよね。けっこう無茶振りされたよね」

サラはすかさずネリーに突っ込んだ。

「そうだったか」

そんなやり取りも懐かしくて、サラもネリーもにっこりと笑った。が、ネリーは笑みを引っ込めると、本気のうかがえる顔でアレンのほうを向いた。

「アレン。それだけの身体強化ができるなら、高山オオカミにはそうそうやられまい。私の圧にも耐えられそうだ。我らと共に魔の山まで来るか」

サラは心の底から安堵《あんど》した。ネリーはいい人だ。サラのことだって拾ってくれた。だからきっとそう言ってくれるだろうと信じていた。

「俺、俺は」

ダンジョンに入って稼いで自立する以外のことを考えていなかったアレンは、急な提案に戸惑っているようだ。物見の塔での暮らしも落ち着き、いよいよダンジョンにも本格的に潜ろうかというところで、ローザの町にいて何の困ることもない。

ただ違うのは、家族同然に暮らしていたサラがそこからいなくなることだけだ。

でも、二人でいることの楽しさを知った後で一人になるのはとても苦しい。サラはネリーがいなくなってそれを知ったし、アレンに至ってはこれが二度目の一人になってしまう。

「いや、アレンが一人になるのなら、俺が引き取るわ」

「ギルド長？」

アレンが驚いて振り返った。

「もともと落ち着いたら二人とも引き取る予定だったんだ。自立したそうだったから、様子を見ていたが」

「いや、あんた二人が普通に暮らしてたから、絶対言うのを忘れてたよな」

ヴィンスの突っ込みが鋭い。

「私でよければ、引き取ってもよいが。もともとサラを引き取るつもりではいたし。剣や戦い方は教えられないが、魔力の圧の調節なら教えられるぞ。薬師になるなら後押しもする」

クリスも負けじとそう言い出した。もっとも、サラは少し冷たい目でクリスを見た。だったら最初から引き取ればよかったのだ。はっきり言うが、絶対サラのことなんてどうでもよかったに違いない。どうやらクリスは、ネリー以外目に入っていない残念な人認定である。

アレンは手をギュッと握ると、少しうつむいて考えた。一人で生きていこうと思っていたアレンは、いまさらたくさんの手を差し伸べられても、どの手を取っていいのかわからなかったからだ。

ただ、サラにかっこ悪いところは見せたくないとは思う。

次にサラに会うとき、自分はどんなふうになっていたいだろうか。渡り竜をも倒すネリーに付いていって、サラと一緒に暮らしながら修行をしたいか。きっと毎日が楽しいに違いない。

でも。

アレンは自分の手を見た。確かに身体強化に特化しているために、同世代の子よりアレンはずっと強い。しかし、ダンジョンに入れるようになったばかりの新米だ。高山オオカミやコカトリスに立ち向かう前に、ちゃんと段階を踏んで修行していかなくてはならないのだ。

そのために必要なのは、まずはローザのダンジョンの低層階からしっかりと攻略していくこと。

それなら、ローザの町にいたほうがいい。

皆は間抜けだというが、アレンはギルド長を尊敬していた。これだけのハンターが集まるギルドを過不足なくまとめている。一見ヴィンスがまとめているように見えるが、そのヴィンスがあえて下に付いているということでも明らかだった。

毎日、星空のもとで一緒に食べたご飯。交代で見張りながらテントで体を拭いて、おしゃべりして、隣で寝て、おはようを言った。

町に泊まれるようになって、物見の塔に移っても同じだった。

大丈夫。次に会うときも、きっと変わらない。

アレンは顔を上げた。

「俺、町に残ってギルド長にお世話になりたいです」

アレンは一緒に来ない。

サラは力が抜けるような思いだった。だけど、自分のことではない、アレンのことを考えたら、そのほうがいいのもわかっていた。

「アレン……」

「サラ……」

「はいはい」

切なそうに見つめ合うサラとアレンの間に、ヴィンスが面倒くさそうに割って入った。大体が面倒くさそうなのだ、この人は。

「サラ、お前北ダンジョンに行ったっきり、もうここには来ないつもりなのか？」

サラはその質問に頭が真っ白になった。ネリーを捜すことばかり考えて、その先のことを考えていなかったのだ。

ネリーが優しくサラの肩を叩く。

「なに、サラは一人でもローザの町まで来られることがわかったんだ。これからは途中で狩りもしながら、一緒に町まで薬草や魔物を売りに来ればいいではないか」

サラは目の前が開けた思いがした。

「ネリー。そうだ、私、ちゃんと来られたんだ！　一人で来られたんだよ！」

「これからは私が一緒だから、もっと安全だぞ」

「うん！」

サラがアレンに向けた顔は今度は明るいものだった。

「じゃあさ、これから会うときは、どっちが強くなってるか競争だな」

にかっと笑うアレンにサラは残念そうな顔を向けた。

「しないよ。強くなりたいとか思ってないもの」

「そうだった。サラはハンターを目指さない」

がっかりしたアレンを見て、ギルドは笑いに包まれた。

めでたしめでたしだ。

楽しそうなサラを見て微笑んでいたネリーは、すっと笑みを消すと静かにクリスのほうに振り向いた。

「ところでクリス」

「なんだネフ」

「私は、サラに薬師ギルドのクリスを頼るようにと言ったんだが」

笑いは一瞬で収まった。

「ローザではクリスが唯一信頼できる人だからと、ネリーはそう言って出ていったんだよね」

サラはそう言われたなと思い出した。

「ネフ、私のことを信頼していてくれたんだな」

「ネフェルタリ、そりゃないだろ」

クリスとギルド長が同時に叫んだ。

ネリーはすっと腕を組んだ。

「で、なんでサラは頼るものもなく、見知らぬ少年と二人で暮らしていたんだろう」

「そ、それは」

「さ、俺、仕事しなくちゃな」

ギルド長室に引っ張られていった二人に何があったかまでは、サラのあずかり知らぬところである。

　さっそく次の日には、サラはネリーと一緒に魔の山に帰ることになった。さすがにこれ以上魔の山をそのままにしておくのは不安が残るとギルド長が言ったからだ。

「北ダンジョンまでの草原にツノウサギが増えているようなんだが、それは今までどおりローザの町でどうにかするとして。高山オオカミの様子がおかしかったのが気になるんだよ。まるで何かを待ち受けているみたいだった」

　ギルド長は北ダンジョンのことを頭に思い浮かべているようだった。ネリーはそうだったかと首を傾《かし》げている。

「確かに、高山オオカミの生息域が若干広がっているような気はするな。だが、別に凶暴化はしていないと思うぞ。うちの山小屋の生ゴミを喜んで食べているくらいだしな。いうなればサラのペットみたいなもので」

「違うから。隙《すき》あらば食べようとしてくるから」

　サラはすかさず否定した。

「そ、そうか。案外サラを迎えに来てるんだったり、いや、何でもない」

　ギルド長はサラの冷たい視線にそうそうに退場した。

　その日の夜は、ネリーとアレンと三人で物見の塔に泊まることになった。ネリーがぜひそうしたいと言ったからだ。

　ギルドからエマの店に移動してネリーが戻ってきたことを伝えると、エマは涙を流して喜んでくれた。

「あんた、こんなかわいい子をたった一人で残していくなんて！　町の人もどう助けていいかわからなくて大変だったんだよ！」

ネリーのほうが年上のはずなのだが、エマに叱《しか》られ小さくなっている様子にサラは思わず笑いそうになったが、どうしようもない事情があったのだということを一生懸命説明した。

「それなら仕方ないかもしれないけどさ。でもあんた、よく見たらうちの店にときどき来てなかったかい。ほら、一番奥の席に座ってさ」

「ああ、最近は来てなかったが、前はな。ここのツノウサギの香草焼きが好きで」

「私と同じだ！」

サラもこないだ香草焼きを食べて、その味がとても気に入ったところだったのだ。

「うちのツノウサギの香草焼きは最高だからね！　さ、食べていきなって言いたいところだけど」

エマは困ったように肩をすくめた。サラはどうしたのかとエマと苦笑しているネリーを見比べた。

「私とアレンと二人も魔力が強い者がいたら、いくら奥の席でも圧が強すぎるんだ」

そんな問題があったとは気がつかなかった。

「あんたらが皿を自分で持っていって返してくれるんなら、塔で食べてもいいけど、どうする？」

「俺が運ぶよ！」

階段を面白そうに上り、広い物見の塔を楽しそうに眺めるネリーとそれを見守るサラを置いて、アレンはお盆を持って階段を三往復してくれた。

「すまないな」

「いいって。俺、体力には自信があるんだ」

ギルドで剣を振り下ろされた件、サラがその立場なら絶対許さないと思うのだが、なぜかアレンはそれがきっかけでネリーと気が合ったようで、ネリーのことは久しぶりに会った親戚のお姉さんのような扱いだ。ネリーも素直に好意を受け入れていて、サラは二人のそばが普通に居心地がよかった。

「エマがヤブイチゴのジュースをつけてくれた」

「やった！」

ヤブイチゴのジュースは、サラとアレンにとっては特別な日の一杯になっていたから、ネリーとの再会という今日の一日にふさわしい気がした。

「やっと身分証を取れたときも、ヤブイチゴのジュースだったね」

「俺がツノウサギをいっぱいとったときも、ヤブイチゴだった」

「こちらのハンターからですって、おかしかったよね」

「ああ」

短い間にたくさんのことがあった。

「大変だったかもしれないが、よい時間を過ごしたようだな」

ネリーが口元に笑みを浮かべながら、サラとアレンの話を楽しそうに聞いている。

「うん。アレンがいなかったらどうなっていたか」

「俺もサラのおかげで、毎日が楽しかった」

楽しかったと言ったアレンは、そんな言葉が口から出たことに驚いたような顔をした。

「楽しかった。楽しかったんだ」

もう一度繰り返すと、くしゃりと笑った。

「面倒を見るつもりだったのに、いつの間にか対等になってて。それなのにすごく居心地がよくて、楽しくて」

サラはおかしくなって思わず笑ってしまった。

「当たり前じゃない。友だちだもん」

「友だち」

「うん、友だち」

親友というのは照れくさいので、友だちで十分だ。

「友だちだから、離れてしまってもずっと友だちだよ」

たったそれだけを伝えるのもやっぱり照れくさい。二人で照れているのをネリーがニコニコしながら眺め、ローザの町の最後の夜も更けていったのだった。


次の日、いったんギルドに寄ったサラとネリーは、ギルドの皆に見送られることになった。

もちろん、アレンもだ。

「サラ、気をつけるんだぞ」

アレンは心配そうにしているが、見送りに出たギルド長もサラを心配そうに見た。

「俺、こないだ北ダンジョンに行ったばかりだからさあ。騎士でも油断するとやられるのに、ほんと大丈夫なのか、サラ」

いまさらでしょうとサラは苦笑した。ギルド長は直接かかわりがないかもしれないが、副ギルド長のヴィンスには、けっこう面倒なギルドの仕事にも巻き込まれたりしたのだ。

「大丈夫です。私のバリアはワイバーンもはじくから」

「おいおい。ほんとに最初から言っといてくれればさあ」

あんなに苦労しなかったのにと言いたいのだろう。ギルド長がやれやれと肩をすくめたが、ワイバーンをはじく力がありますなんて最初から言うようなハンターはかえって信用ならないではないかとサラは思った。

「いつでも厨房で雇う。給料は上げる」

「売店もフルタイムで雇うわよ」

「マイズ、ミーナ、お世話になりました」

厨房のマイズも受付のミーナも見送りに出てきてくれた。

珍しく薬師ギルドの人たちも見送りに来てくれていた。もっとも、クリスは、

「いつでもうちに来てくれたらいい。ネフも一緒に」

と、ネリー狙いであるのは明らかだった。もちろん、

「それはネリー次第なので」

「用があれば顔を出す」

しかしネリーはこの程度である。

「チッ」

「舌打ちするくらいなら来なければいいのに」

「その」

テッドが顔を背けながらぼそぼそと何か言っている。

「最初に、赤毛の女性についてわからなかったことだけは謝る。クリス様と同じ年の中年女を二〇代と思っていたとは想像もできなかった」

「ほほう。それはテッドが私を中年男と見ているということか」

「あっ、違うんです。いや、そうなんですが、違くて」

テッドは本当に失言が多い。悪意があるというよりは、思ったことを何も考えずに口に出しているだけなのかもしれないと思うようにはなった。しかし、そもそも思っていることが失礼なことばかりだから問題なのであり、本人がそれに気づかなければどうしようもない。後で憧れのクリス様に絞られればいいのだ。

「じゃあ、サラ、行くぞ」

「うん」

「皆、世話になった」

ネリーはそう言って頭を下げると、さっと中央門に向かった。いつだって思い切りのいいネリーの隣をサラが歩く。いつもそうしていたように、二人で歩くのが当たり前のように、楽しげに歩いていく姿に、見送りの人たちも心なしか笑顔だった。

しかし、そのネリーの足が突然止まった。

「ちっ。しつこい奴らめ」

ネリーの視線の先を見ると、いつか見たことのある騎士服の人たちがいた。

「リアム？　どうして？」

リアムもネリーの隣にいるサラを見て眉を上げたが、視線をネリーに戻すと、厳しい表情を浮かべた。サラは警戒した。一見、ただの優しげなイケメンだが、前回会ったときは目的のためなら手段を選ばない、嫌な奴だったのだ。

「ネフェルタリ。王都から戻っていいという正式な許可は出ていない。直ちに戻るように」

「私は騎士隊隊長に許可をもらった。リアムだったか。お前はその場にいて見ていたはずだ」

ネリーはにべもない。

「渡り竜はもうほとんどいない。私一人いなくてもなんとかなるだろう。私に騎士隊一〇人差し向ける余裕があるくらいなら、それを渡り竜退治に向ければいいだけのことだ」

そんなやり取りが、慌てて駆けつけてきた見送りの面々にも聞こえただろう。

「正論だな」

それを聞いてヴィンスが頷いている。しかしリアムはそれを気にも留めない。

「依頼はまだ完遂されていない」

「今回、そもそも私は依頼を正式には受けていない。無理やり連れていかれたのを許し、善意で協力していただけだ」

ネリーも譲らない。緊迫した空気が流れた。

「ならばまた強制的に連れていくまで」

リアムが合図すると、中の一人が懐から小さい瓶を取り出した。

「また麻痺薬か。すでに失敗しているというのに」

ネリーがせせら笑った。一度は成功し王都に連れていかれたということをサラは聞いていた。だが、失敗したこともあるということは、二度目があったということだ。

サラはきっとリアムを睨んだが、すぐに周りの様子をうかがい始めた。

サラも一度やられているのだ。サラで一度、ネリーで一度失敗しているのだから、いくら間抜けな騎士隊でも同じことを繰り返したりはしないだろう。

案の定、小さい瓶をそっと出した騎士が複数いる。

そんなに多方向から麻痺薬の瓶を投げたら、拡散して自分たちにも被害が及ぶだろうに。深く物事を考えずに危険な薬を人に使おうとする騎士隊にサラは気持ち悪さを感じた。

「前と同じと思うなよ。招かれ人からは、複数の知恵を授かっているんだからな！」

瓶はネリーとサラのほうに向かって高く投げられ、魔法師と思われる騎士がそれに向けて石礫《いしつぶて》のようなものを飛ばした。

それは瓶に当たり、もう一人が唱えた風の魔法で霧状になった麻痺薬があたりに降り注ぐ。

「複数を一度に霧状にして散布すれば防げまい。ハハハ」

高笑いしていると騎士ではなく、悪役のように見える。サラはあきれた。

「馬鹿な！　少女も一緒だぞ！」

後ろからクリスの叫び声がする。ネリーのこと以外では案外まともな人で、サラはそれがなんとなく嬉しいようなくすぐったいような気持ちがした。

ネリーは一歩も動かず、一言こう言った。

「サラ」

「うん」

サラにすべて任せるというネリーの信頼が嬉しい。そもそもサラは騎士隊が現れた時点ですでにサラとネリーを覆うバリアを張っている。

今度のバリアは、その上を覆う二つ目のバリアだ。

「バリア！　二重！」

その瞬間、麻痺薬を閉じ込めるように、サラのバリアが展開された。

「なんだ、何が起こっている。どうして二人に麻痺が効かない？」

サラは風船に針を刺すように、騎士一人一人に向けてバリアに小さな穴をあける。

麻痺薬はほとんど地面に落ちていたが、霧となって漂っていた残りが騎士たちを直撃した。

「うっ。なんだ。霧がこちらに？　馬鹿な……」

素早くよけた何人かを除いて、麻痺薬を吸った騎士たちは倒れて動けなくなった。

サラは二つ目のバリアを解除すると同時に、風で麻痺薬を吹き上げ、遠くに飛ばした。一つ目のバリアはそのまま残しておく。

サラは、残っている騎士隊をきっと睨んだ。リアムもうまいこと逃れたらしい。

「今、招かれ人って言った？」

騎士隊に駆けられたサラの言葉は、周りの人にとっても騎士隊にとっても意外なものだった。

「なんだ、お前」

騎士隊にとってはサラはおまけである。今、サラが成しとげたことを理解できている人がいるはずもない。つまり、どうでもいい奴に声をかけられたという反応しか返ってこなかった。

「招かれ人と聞こえた気がして」

サラは静かに繰り返した。別に目立ちたいとも思わないし、どうでもいいのはこっちだって同じだ。聞きたいことの答えがもらえればそれでいい。騎士は気圧《けお》されたように答えた。

「そ、そうだ。強い魔物に効率的に効かせるには、そうすればいいと」

「そう。最低」

そういえば招かれ人はけっこういるとネリーが言っていたなとサラは思い出した。いつか会えたらいいなとは思っていたが、その人たちが結果的にネリーを害そうとするなら、つまり招かれ人であってもサラの敵である。

「霧を跳ね返したのはお前か、サラ。どんな技をつかった」

リアムだけはサラの力だと理解したようだ。前回は気づかなかったくせにとサラは冷たい目でリアムを見返した。

「敵に教える義理はないでしょう。さ、ネリー、帰ろう」

「そうだな、サラ」

ネリーは一連のサラの行動を静かに見守っていたが、満足そうに頷くと、サラと並んでまるで騎士隊などいないかのように歩き去ろうとした。

「待て！」

思わず二人に剣を向けた騎士は、近くに寄る間もなく強い力で跳ね飛ばされた。

サラが攻撃的にバリアを使うことなど珍しい。だが、サラは怒っていた。

「な、なんだ？　何が起きた？」

「いい？」

尻餅《しりもち》をついて呆然《ぼうぜん》としている騎士に、サラは声をかけた。もちろん、他の騎士にも聞こえるように、ゆっくりと、丁寧にだ。

「ネリーに向けたどんな攻撃だって、私が許さないんだから」

そう言われて騎士がネフェルタリを見ると、さっきから指先一つも動かしていないことに気づいた。ということは、騎士の受けた攻撃はつまり、サラからということになる。騎士はまさかという顔でサラを見た。

サラはまっすぐに右手の手のひらを騎士に向けた。

「私のバリアは、どんな攻撃も魔法も跳ね返す。そして、効力が切れることは一切ない」

「ばかな。どんな魔法師だって、魔力がそれほどもつわけがない」

「魔力が途切れることなんてないもの。だって私」

サラは騎士たちを睨みつけた。

「招かれ人なんだから」

騎士たちは呆然とし、もう手も足も出ないようだった。ほっとしたサラに、あきれたような声がかかった。

「それ、言っといてくれよ、最初からさあ。めちゃくちゃ重要じゃん」

肩を落としたギルド長にまず謝ったのはネリーだった。

「す、すまん」

「ごめんなさい。言ったら王都に連れていかれるかもしれないと思ったの」

サラも正直に謝ると、仕方がないよなと皆肩をすくめた。

だが、招かれ人だとわかったところで、ローザの町もハンターギルドもサラに何か望むことは特にない。ただ、それなら魔の山で暮らしてもなんとかなるだろうとほっとした空気が流れただけだ。

「サラ、町に来たら、必ず声をかけてくれよ。俺、絶対強くなってるからな」

「うん。また来るね。そしていつか、きっと」

魔の山から、ローザまでは来られるようになった。次はどこまで行けるだろう。

その時は、今度こそネリーと一緒でありますようにとサラは願った。

さあ、魔の山に帰ろう。

「帰るぞ」

「うん」

ネリーと二人で。

エピローグ

おかえり

「さっさと門を出てきてしまったが、実は中央門を利用したことはあまりないんだ」

サラとネリーは中央門からローザの町の外に出ると、魔の山で宿泊訓練をするときのように、二人で並んで歩き始めた。するとネリーが突然そんなことを言った。

「いつもは東門から出入りするんだ。あっちのほうが薬師ギルドに近いし、町の外を大回りするよりハンターギルドにも近いからな」

「でも、私がローザの町に来たときには東門は閉まっていて、中央門へ行けって言われたよ？」

サラは夕暮れなのに中央門のほうまで歩かされたのだ。

「おかしいな。私がローザに来るときは、東門はすぐに開けてくれるぞ」

ネリーはサラのほうを見て首を傾《かし》げた。

「あの時は身分証がなかったから、開けてくれなかったのかもね」

「そうだろうか」

たぶんそうではない。おそらく、誰が来ても基本的に東門は開けないのだろうと思う。しかし、例えば騎士隊が来たときや、特別なときは開けるのだろう。

つまり、町が主催する狩りや、ネリーが出入りするときがそうなのだと思う。

「ネリーはもっといろいろなことを私に話すべきだったよ」

「す、すまん」

ネリー自身も反省しているようだ。

「ええと、だから今」

そうか、とサラは胸が温かくなった。

ローザの町をどの門から出入りするかなんて、ネリーが本当はネフェルタリで貴族の令嬢で、麻《ま》痺《ひ》薬で眠らされて王都に連れていかれてしまった話に比べたら本当に些細《ささい》なことだ。

しかし、そんな些細なことさえ話さなかったからこそ、お互いのことをよく知らず、周りを巻き込んで壮大にすれ違うことになった。

だから今、小さいことでも何でも、一生懸命話そうとしてくれているのだ。

「私も遠慮しないで聞くことにするね」

「そうしてくれるか。あまり自分のことは人に話さずに生きてきたから、そもそも何を話すべきかわからないんだ」

「わかった。そういえばね」

サラはローザに来てまず最初に困ったことを思い出した。

「お金だよ！　そもそもネリーがお金を置いていかなかったのも問題だったけど、お金の単位がわからなくて大変だったんだよ」

「お金か……」

ネリーはなぜだか遠い目をした。

「あれは、だいたい一〇万ギル硬貨を一枚出しておけばなんとかなるものだ」

「普通の一二歳は一〇万ギルの硬貨なんて持ってないからね。むしろ一番小さいお金を一生懸命貯《た》めておやつとかを買うものだからね」

「そうか」

こういう人だから、怪我《けが》をしたときのためにと言って上級ポーションをポンと寄こすのだ。上級ポーションを使えばたいていなんとかなると思っているのだろう。

「ネリーったら。計算とか全然苦手でもなんでもないのに、なんでそんなお金の使い方をするの？貴族のお嬢様だから？」

「お嬢様」

ネリーは思わずぷはっと噴き出した。

「確かに、少女の頃は自分で買い物にも出たことのないお嬢様だったかもしれないなあ。やっていたことは剣と身体強化の訓練ばかりだったが」

「ダンスとかも練習したの？」

貴族の令嬢ならきっとそういう作法とかもやったはずだ。

「もちろんやったぞ。相手がいなくて父や兄とだったが。もちろん、ドレスを着て令嬢らしい振る舞いをすることも、できることはできる。おそらくな」

そう言って鼻の頭をかくネリーはちっとも令嬢らしくはない。しかし、

「すごい！」

サラは目をキラキラさせた。

令嬢教育とは、家事をきちんとできることとは違う。

たとえ食べた後の骨や果物の芯が床に放り投げてあっても、ネリーは令嬢らしい振る舞いをしようと思えばできるのだ。

たとえギルド長の胸倉をつかんでつるし上げる力があったとしても。

サラはいろいろ思いを馳《は》せたが、これ以上考えると混乱してきそうだったので考えるのをやめた。

要するに、強いが、いざとなったら令嬢らしく振る舞える。素敵ではないか。

「それでも、なかなか嫁にもらってくれようという人はいなくてな。この年まで独り身だ」

「ネリーは嫁のもらい手がないって言うけど、それはないと思うよ」

サラの頭の中にあったのはクリスだ。どうやら女性にもてるらしいが、いや、あの人は男性にも崇拝されていたよねとテッドのことを思い出して嫌な気持ちになった。

いろいろ問題が起こるのは本人のせいではないかもしれないけれど、その状況を放っておいて何もコントロールしないのは無責任だとサラは思うのだ。実際に取り巻きのテッドのせいでだいぶ迷惑をかけられたのだし。

そのクリスだが、誰がどう見てもネリーに夢中で、ネリーの歩いたところでさえ拝まんばかりだったではないか。

「例えばクリスとかどう？」

「クリス？　友、と言えないこともないと思っていたが、今回のサラの件で正直、がっかりした」

それはかわいそうすぎる。好きと気づいてもらってさえいないうえに、あんなに頑張ったのに評価が下がってしまっただなんて。

「いい、ネリー。よく聞いてね」

「ああ。なんだ？」

ネリーは素直に頷《うなず》いた。

「まず、倒れたネリーに付き添って王都まで行ってくれたのは誰？」

「クリスだ」

「ネリーから魔の山に置いてきた私の話を聞いて、わざわざ王都から戻ってきて、捜索隊を出してくれたのは誰？」

「クリスだ。だが結局見つけられなかったではないか」

ちょっと怒ったような言い方をしている。サラはため息をついた。

「そりゃそうでしょ。私はローザにいたんだから。そこまで求められたら、クリスだって浮かばれないでしょ」

「生きているがな」

「もう」

逆に言うと、これだけストレートに感情をぶつけられる相手はネリーには珍しいのかもしれない。

ということは、少なくとも、とても親しい感情を持っているということではある。

サラは別にネリーに結婚してほしいとかそんなことは考えてはいなかったが、もっと皆に好かれているということは自覚してほしかったのだ。

だって、少なくともハンターギルドでは、ネリーの評判は決して悪くなかったのだから。

まあ、これ以上クリスに塩を送ることもない。大人なんだから、自分でなんとかするだろう。

話をしているうちに、町の壁の外に建っている家がまばらになり、街道と草原が広がっているだけのところに出た。サラはほんのちょっと前までここにで寝泊まりしていたことを懐かしく思った。

「ネリー、私ね、ここにテントを張っていたの」

「昼間見ても寂しいところだな。寂しい思いをさせた」

「寂しかったけど、アレンと一緒で心強かったよ」

ネリーは昨日一緒だったアレンには、好感を持ったようだ。

「本当に魔力の多い少年だったな。手加減はしたが、私の剣を受け止める身体強化ができる者は、大人のハンターでもそうはいないのに」

「ネリー」

「大丈夫だ、ぽ」

「ポーションがあっても駄目なものは駄目です」

サラはしっかりと言い聞かせた。本当に無茶をするんだから。

「だが、あの少年の容姿、なんとなく記憶に引っかかるんだが」

ネリーは何かを思い出そうとして頭をひねっている。

「アレンの、砂色の髪に灰色がかった青の目？」

「そう。サラは細かいところまでよく見ているな」

そんな普通のことを感心されても別に嬉《うれ》しくない。

「色合いもだが、あの顔立ち。あの少年はきりっとしていたが、私の記憶ではそうではなくて」

「叔父さんは魔法師だったたって言ってたよ」

「魔法師……ああ！」

ネリーが何か思い出したようだ。

「あれほどさわやかな少年ではなかったから思い出せなかったが、私がハンターの駆け出しだったころ、パーティを組んでいた魔法師と似ている」

「ええ？　アレンの叔父さんと知り合いだったかもしれないの？　もうちょっと早く思い出せばよかったね」

「ううむ。だいぶ前のことだしな。ちょっと変わった魔法師だったくらいしか覚えていないが、そうか、ローザのダンジョンで亡くなっていたか」

ネリーはまるで黙祷《もくとう》しているかのように目を閉じた。

「うん。なんだかだまされて借金を背負わされたって」

「ありうるな。ある意味とても素直な男だったから。魔法師なのに、身体強化の訓練法とかを熱心に学んでいたな」

「へえ。え？」

今何か聞き捨てならないことを聞いたような気がする。

「まさか……」

「まさか？」

ネリーが怪訝《けげん》そうに聞き返してきた。

「身体強化ができた。ならあとは実践だ！　とか教えたりした？」

「ああ。身体強化に他にどんな方法があるというんだ」

それだよ、アレンが殴れば済むみたいな考え方になった原因は！

サラは天を仰いだ。

「あのね、アレンの身体強化の感じがネリーにそっくりでね、何でかなあと思っていたら」

「私のおかげか」

「違います」

サラはすかさず否定した。むしろネリーのせいというほうが正しい。

「いや、そうなんだけど、ネリーのおかげで強くなったんだろうけど、でもネリーの教えは一歩間違えたら命の危機だからね」

「そんなときには」

「ポーションは万能じゃありません」

相変わらずのサラとネリーである。

東門では、中央門から出たなんて珍しいなとネリーが声をかけられていた。

「サラと一緒にいると、やたら声をかけられる」

「そうなの？」

「東門の連中なんて、私の顔を見たら無言で門を開けて無言で閉めるだけだったからな」

それは急いでやってくるネリーの気迫に押されてしまっていたのではないか。

そこからは、ダンジョン化しているとベテランハンターに言わしめた草原になる。

「なんかね、本当は効いているはずの街道の結界が効いていないんだって」

「今頃気がついたか。私にとってはどうでもいいことだが、たまに来る奴にはつらいかもしれんな」

「そもそも私がつらかったよ。ツノウサギが多すぎて」

「す、すまん。ただ、私が言ってもどのみちローザの町は動かなかったような気がするよ」

確かに、今回は権力者の息子である騎士からの提言だったからこそ、町も動く気になったのだと思う。サラは騎士のリアムを思い出して鼻にしわを寄せた。

しかし、サラは別のことが気になった。

「たまに来る奴って、魔の山に誰か来たことがあるの？」

「ああ」

ネリーは特に変わったことでもないというように頷いた。

「まず、最初に管理小屋に案内されたときに、ギルド長とヴィンスが一緒だった。あとは最初の頃にはよくクリスが来ていたが。薬草を採って帰っていったぞ」

クリスのそれは口実で、きっとネリーに会いに来たのだと思う。

「そのうち薬師ギルドが忙しくなったらしく、めったに来なくなったがな」

確かにサラが山小屋にいる間、誰も訪ねてきたことはなかった。

「私が一〇日に一回町に顔を出して、必要な物を買っていれば、魔の山まで小屋を見に来る必要もなかろうということだ」

これからもほとんど誰も来ることはないだろうとネリーは笑った。

そこから、最初はサラに合わせて歩いていたネリーだが、サラの様子を見ながら徐々にスピードを上げていく。サラも頑張って合わせて、最後はかなりの速さで歩くことになった。

軽く昼を済ませたその日の午後の半ばには、魔の山の入り口まで来ていた。サラは呆然《ぼうぜん》とした。

「早いよ……」

「疲れ具合はどうだ」

「疲れてるけど、明日動けないほどではない気がする」

サラは自分の体をあちこち確認してみたが、普通に疲れているだけだ。

「ふうむ。もしかして、ローザでいろいろな人に会ったおかげで、サラも身体強化の使い方が少し上手になったのかもしれないいな」

そんなにいろいろな人に会ったとも思わないが、よく考えたら、受付のヴィンスをはじめとして、魔力の多い人のそばで働いていたのだ。無意識に何か学んでいたのかもしれない。それに何より、アレンと一緒にいつも駆け回っていたではないか。

「だったら、ローザに行って本当によかった」

「そうだな。結果的によかったな」

そう言って二人は魔の山の前の広場で頷きあった。さあ、いよいよ魔の山だ。

「ちょ、ちょっと待って」

「なんだ、疲れたか」

「そうじゃなくて」

周りを見たら、緑のはずの草原がなんとなく灰色っぽい。サラはため息をついた。

「ツノウサギ、多すぎ問題」

「ほう。私たちが魔の山に逃げると思って集まってきたか。あいつらはあれで草原の上位種だからな。なんとしても私たちを狩りたいのだろうよ」

ネリーは無駄なことだと肩をすくめた。

「じゃあ急いで魔の山に行けば、ええ？」

魔の山の入り口のあたりに目をやると、行くときは高山オオカミに追いやられていた森オオカミが、鈴なりになって待ち構えていた。

ネリーが感心したように顎《あご》に手を当てた。

「サラは本当に魔物に人気があるな」

「そんな人気、いらないよ」

サラは苛立《いらだ》ちを抑え込んで一歩前に出た。

「ネリー、ここは私に任せて」

「ほほう。では」

ネリーはサラとは逆に後ろに一歩下がった。

「こういうのも、いいな」

何がいいのだと突っ込みたい気持ちを抑えて、サラは右手を前に出した。意味はない。ただ、バリアを広げるのにそのほうが気合が入るというだけだ。

今日だって、騎士隊の攻撃を二重にして跳ね返したではないか。もっと弱かったときだって、ワイバーンを覆うくらい大きなバリアも作れたのだ。

「バリア。広がれ！」

サラは自分を覆っていたバリアをゆっくりと広げた。まずツノウサギが結界に押されて、少しずつ後退していく。そして入り口で待ち構えていた森オオカミも、じりじりと下がっていった。

これで歩く先には何の障害もない。

「要は、近くに寄ってこなければいいんだから」

サラはふんと鼻息を荒くした。

「ハハハ」

何がおかしいのかネリーが後ろで愉快そうに笑っている。

「せっかくだから思い切りよく跳ね飛ばせばよかったのにな。でも、サラがそうしないってこともわかってた、私は」

サラのことをわかっていたことが嬉しくて笑っているようだ。

「つまり、私も今サラの結界の中か。では、サラに付いていきますか」

世直し一行でもあるまいしとサラは思ったが、そのまま魔の山の入り口に向かった。

「山がそのままダンジョンだとは知らなかったよ。というか、ダンジョンって地下に潜るものじゃないの？　外に出てたら、それはただの山じゃないの？」

「不思議だよな」

不思議で済ませる気だな。というか、ネリーは不思議だともなんとも思っていなくて、サラに聞かれたから、たった今不思議だと思ったのに違いない。

つまり、合理的な説明は聞けそうもないということだ。

「ローザに行ったら、ヴィンスに聞こう。いや、待って」

サラは鼻の頭にしわを寄せた。

「ヴィンスだったら、『だってそこにあるんだからいいじゃねえか』って言うし、ギルド長だったら、『知ってなんの意味がある』だろうし、聞くとしたらミーナくらいしかいないな」

町の知り合いの大人は、基本的に皆そんな感じなのだ。

魔の山に一歩入ると、サラの広げた結界の向こうで、森オオカミたちが悔しそうにしているような気がする。

「ふふん」

サラはどうだと言わんばかりにそのオオカミたちを眺めた。

「とはいえ、入り口のあたりは森だから、結界を大きくすると歩きにくいね。私とネリーが入るくらいの大きさで大丈夫」

サラは広げた結界を今度は小さめに調整しながら歩き始めた。それでも二人分だから、けっこうな大きさがある。

「行きはね、ここまで高山オオカミが」

ドウン。

「え」

「ギエー」

ばっさばっさと、慌てたような羽音が遠ざかっていく。サラはかたくなに上は見ないようにした。きっと鷲《わし》かなんかだ。

「ワイバーンだな。久しぶりに見た」

こんな下のほうまで降りてこなくてもいいのにとサラは肩を落とした。

「それでね、高山オオカミが」

バン。

「キュピー」

「これは知らないよ！　なんなの？　コ、コウモリ？」

「昼に出てくるとは珍しい。これは魔の山にだけいる森オオコウモリだ」

「主食は果物とか？」

確か地球にいる大きなコウモリはフルーツが主食のコウモリだった気がする。

「いや。吸血種だな」

「いやー！」

行きに結界に当たって落ちて高山オオカミに食べられていた魔物は森オオコウモリだったらしい。

「魔の森にしかいないから、けっこういい値で売れるぞ。被膜が水をはじくいい素材になる」

「いちおう覚えておくけれども」

とりあえず、さっき結界にぶつかったコウモリは、ふらふらと飛んでいったから大丈夫だろう。

サラは気を取り直した。

「でね、高山オオカミが、え、うわ」

山道の先のほうから、何か岩のようなものが転がってきた。

「なになになに」

「行きに会わなかったか？　ハガネセンザンコウといって、魔の山の低いところに生息する魔物だ。鱗《うろこ》が硬くて鋭いのでいい素材として」

ドン！　ゴロゴロゴロ。

いかにも硬そうなそれに森オオカミも歯が立たないのか、バリアにぶつかって跳ね返ったそれを黙って見送っている。

「高山オオカミなら平気で狩って食べるが、森オオカミは食べないようだな」

「へ、へえ」

そういえば、高山オオカミはガーゴイルの硬いところも平気で食べていた。

「とりあえずバリアがあれば平気だから。早く森を抜けたいな」

「少なくとも、拓《ひら》けたところには行きたいな。ワイバーンがいる以上、木が生い茂って視界がきかないのはやはり落ち着かない」

サラだってバリアがあるとはいえ、やはり森は落ち着かないのでネリーに賛成だ。

しかし森を抜ける前に夜が来た。

森の中の、比較的拓けた場所でキャンプをすることにする。

「へへ。ネリー、これ、見て」

「昨日も見たぞ。テントだろう」

「うん」

今日はネリーと二人なので、特にテントを張る必要はないのだが、サラは、中古だけれど、自分で選んで、自分で稼いだお金で買ったテントを何度でもネリーに自慢したいのだった。もっとも一人用なので、見せるだけでまたしまったのだが。

サラはギルドのお弁当箱を出すと、それぞれのカップに水を入れてお湯にし、お茶の葉を入れた。

ネリーと出かけたときのいつもの手順だ。もっと余裕があるときは、ちゃんとお湯を沸かすのだが、今日は一生懸命歩いたからこれでいい。

「王都にいても、サラの料理が恋しかった」

「ほんとに？」

サラはにこっとした。

「アレンもヴィンスもギルド長もおいしいって言ってくれたけど、ネリーがおいしいって言ってくれるのが一番嬉しい」

「本当においしいぞ。だが、そうだな。やっと魔の山から出られるようになったのだから、今度は町に行ったら、宿にも泊まって、町のあちこちの食堂でも食事をしてみような」

「楽しみだな」

それはサラのためでもあるが、きっとサラの料理が一層おいしくなって自分も楽しいという、ネリーの素直な気持ちも透けて見えた。もちろん、ネリーの期待には応える所存のサラである。

「そういえばね、私、もう何ヶ月か待って、ネリーが帰ってこなかったら、王都に捜しに行こうと思ってたの」

「本当か」

ネリーがお茶のカップから驚いたように顔を上げた。

「うん。確か王都の指名依頼、って言ってたような気がして。ネリーが戻ってこないとしたら、絶対戻ってこられない事情があると思ってたから」

サラもカップから顔を上げてにこりと微笑《ほほえ》んだ。

「だったら、私が行かなくちゃって思ったの」

「サラ……」

ネリーはカップをそっと置くと、サラをそっと抱え込むように抱きしめた。

「えへへ」

サラはくすぐったい気持ちがして照れたように笑ってしまった。

「サラが私のところに落ちてきてくれてよかった」

「私も今ではよかったなと思うんだ」

「今では？」

ネリーはサラから手を離すと、では最初は違ったのかという顔をした。

「だって、オオカミは怖かったたし、部屋はゴミだらけだったし」

「す、すまん。だが王都の宿ではちゃんと片付けをしていたぞ」

正確には早く帰りたくて最低限の物しか出さなかったから散らからなかっただけだと想像がついたサラはくすくすと笑った。

「じゃあ、ネリーがちゃんとしてるか一緒に宿に泊まって確かめてみないと」

「そうだな。魔の山はほどほどにして、旅にでも出ようか」

「ほんと？」

からかうだけのつもりだった。だって、ネリーが魔の山の管理をはずれるなんて思いもしなかったからだ。

「ダンジョンに住みたい奴なんていないから、交代する人がなかなか出なくてな。なかなかいい稼ぎになるんだが。王都に家を買ってもまだ余るくらいはあるはずだ。最近は数えたこともないが」

「お金持ちだね、ネリー」

「まあな。だが、交代がいなければやめられないというわけでもない。すぐにとはいかないかもしれないが、いつかは旅に出てみようか」

ネリーがそんなことを言い出すとは思わなかったサラだが、先のことを思うとわくわくした。当然、何も言われなくても付いていくつもりである。

「その時はサラ、一緒に来てくれるか」

「もちろん！」

誘われたのならもっと嬉しい。

「いろいろなお料理を食べてみたいな」

「王都のそばの草原には、ツノウサギとも違う魔物もたくさんいるからな」

「あんまりおいしくないっていう鶏肉も食べてみたい」

「それは本当においしくないぞ」

ネリーが言うくらいだから本当に今一つなのだろう。

「だが、旅行に行ったらサラの手料理が食べられなくなるな」

ネリーが困ったなという顔をしたのでサラはおかしくなった。

「野営してもいいし、どこかで家を借りてもいいし。その時のために、いろいろな料理を食べてみないとね」

「そうだな。そうしよう」

魔の山にもまだ行ったことのない場所もあるし、おそらく食べたことのない魔物もいる。すぐに出かけるわけでもないし、まずは魔の山でしっかり暮らそうと思うサラだった。

「本当に楽しみだな。とりあえず、ツノウサギの調理法はギルドの食堂で教わってきたよ」

「ほう。ツノウサギは案外高級食材だからな」

「高級といえば」

サラはふと思い出した。

「コカトリスの肉をよく食べてたって言ったら、そんなわけないって言われたんだけど、珍しいの？」

「う、うむ」

ネリーはサラからちょっと目をそらせた。

「まあ、いわゆるあれだ。超高級食材だ」

「それでかあ」

なにかの鳥肉だろうと思われたのはそのせいだった。

「もっといろいろ話そうね、ほんとに」

「うむ。異論はない」

「ガウ」

「ガウ」

ちょっと待って。今なにか、とても聞き慣れた声がしたような気がするサラだった。

「ガウー」

「久しぶりじゃないでしょ！　なんでここに高山オオカミが……」

「ガウッ」

いつの間にか、森オオカミの群れは高山オオカミの群れと入れ替わっていた。

「気配がしたからやってきた、とかじゃないよね、まさかね」

「ハハハ。そうかもな。招かれ人だしな。ワイバーンから聞いたのかもな」

「ガウ」

「そうなのか。ハハハ」

ハハハじゃないよと思いながら、なぜか家に帰ってきたようなほっとしたような気持ちもしたのだった。

「ガウ」

おかえり、サラ。

ORIGINAL COVER ART

オリジナルカバーイラスト

特別公開!!

MFブックス

転生少女はまず一歩からはじめたい ～魔物がいるとか聞いてない!～ 2

2021年2月25日　初版第一刷発行

著者　カヤ
発行者　青柳昌行
発行　株式会社KADOKAWA
〒102-8177　東京都千代田区富士見2-13-3
0570-002-301（ナビダイヤル）
印刷・製本　株式会社廣済堂

ISBN 978-4-04-680243-9 C0093

企画　株式会社フロンティアワークス
担当編集　齋藤 傑（株式会社フロンティアワークス）
ブックデザイン　AFTERGLOW
デザインフォーマット　ragtime
イラスト　那流

本シリーズは「小説家になろう」（https://syosetu.com/）初出の作品を加筆の上書籍化したものです。

ファンレター、作品のご感想をお待ちしています

宛先
〒102-0071　東京都千代田区富士見2-13-12
株式会社 KADOKAWA　MFブックス編集部気付
「カヤ先生」係「那流先生」係

二次元コードまたはURLをご利用の上
右記のパスワードを入力してアンケートにご協力ください。

https://kdq.jp/mfb
パスワード
maian

● PC・スマートフォンにも対応しております（一部対応していない機種もございます）。
●お答えいただいた方全員に、作者が書き下ろした「こぼれ話」をプレゼント!
●サイトにアクセスする際や、登録・メール送信時にかかる通信費はご負担ください。

©岡村アユム／マッグガーデン
祝
コミカライズ決定!!!
MFブックス
人気
シリーズ
『転生少女はまず一歩からはじめたい』のコミカライズが
「MAGCOMI」にて
連載予定!!!!
漫画：岡村アユム
作シリーズも大好評発売中!!
著：カヤ
イラスト：那流
転生少女はまず一歩からはじめたい
カヤ
1